Pascale Robert-Diard

VERRAT

Das dunkle Geheimnis
der Familie Agnelet

Aus dem Französischen von
Ina Kronenberger

Paul Zsolnay Verlag

Die Originalausgabe erschien 2016 unter dem
Titel *La déposition* im Verlag L'Iconoclaste, Paris.

Dieses Buch erscheint mit Unterstützung des
Publikationsförderprogramms des Institut français
und des RILKE-Programms.

1 2 3 4 5 21 20 19 18 17

ISBN 978-3-552-05857-6

Satz: Eva Kaltenbrunner-Dorfinger, Wien
Druck und Bindung: CPI books GmbH, Leck
Printed in Germany

FSC
www.fsc.org
MIX
Papier aus verantwortungsvollen Quellen
FSC® C083411

Jean-Marc Théolleyre gewidmet

Am heutigen Montag, dem 7. April 2014, um 7:09 Uhr im TGV von Paris nach Rennes, Ankunft 9:12 Uhr, fühlte ich mich wie an einem ganz normalen Verhandlungstag. Am Abend zuvor hatte ich mir noch einmal Raymond Depardons Dokumentarfilm *1974, une partie de campagne* über den Präsidentschaftswahlkampf von Valéry Giscard d'Estaing angeschaut. Ich konnte mich an dem Bild des Kandidaten nicht sattsehen, der eingezwängt auf der Rückbank eines Wagens saß und mit dem Kamm die wenigen Haare zu bändigen suchte, die ein frecher Windstoß durcheinandergewirbelt hatte. Das Frankreich um ihn herum war jung, die jungen Männer trugen taillierte Sakkos, und unter den T-Shirts der Mädels zeichneten sich die nackten Brüste ab. Sie sahen aus wie Agnès Le Roux.

Die junge Frau war im Herbst 1977 verschwunden. Eine Leiche wurde nie gefunden.

In Rennes stand ein alter Mann vor Gericht, wächserne Gesichtsfarbe und ein kräftiger weißer Backenbart, der fast das gesamte Gesicht überwucherte, die Anklage lautete auf Mord. Ich wartete nur auf den Moment, wo ich den Gerichtssaal betreten und das pulsierende Leben hinter mir lassen konnte, um mich ganz auf das zu konzentrieren, was sich dort abspielen würde, in dem engen und zugleich riesigen Sitzungssaal.

Das Verfahren gegen Maurice Agnelet ging in seine letzte Woche. Die Pressebänke, auf denen wir uns anfangs noch gedrängt hatten, hatten sich gelichtet. Wir waren nur noch eine Handvoll Personen, die sich für diesen Fall mit seinem speziellen Mittelmeerflair, der unberechenbaren Persönlichkeit des 76-jährigen Angeklagten, der sich zum dritten Mal vor Gericht verantworten musste, und für das mysteriöse Verschwinden seiner Geliebten interessierten, deren flehentliche Stimme auf einem alten Tonbandgerät – *Klack* und *Pscht*, wenn die Tasten heruntergedrückt wurden, waren deutlich zu hören – im Gerichtssaal erklang. Eine Stimme ihrer Zeit, stilecht, wie man bei einem Möbelstück sagen würde, mit Schlaghose, gestricktem Wollschal, Kajalstrich auf den Lidern, Berlioz auf den Zehn-Franc-Scheinen, Racine auf den Fünfzigern und Corneille auf den Hundertern.

Ich würde mich zu der verbliebenen Gruppe der Gerichtsreporter gesellen. Ich wusste, dass einer von ihnen wie an jedem Verhandlungstag früh in den Saal käme, ganz außen in der ersten Reihe Platz nehmen und seinen Spiralblock mit kariertem Papier zücken würde, um sich Notizen zu machen, er würde oben links das Datum und die Uhrzeit, auf die Minute genau, des Beginns der Verhandlung eintragen. Für nichts auf der Welt würde er diesen Moment missen wollen, diese Zwischenzeit, bevor die Anwälte in ihre Roben schlüpften, die Protokollführerin ihre Akten auf den Schreibtisch legte und man sich zu beiden Seiten der Gerichtsschranke vorbereitete, bisweilen auch Scherze machte, bevor der Gong das Eintreten der Richter ankündigte und jeden in seine Rolle zwang.

Gerade hatte er mir eine Nachricht geschickt, ich solle ganz schnell kommen.

Ich sehe wieder die gebannten Gesichter vor mir, die mich beim Betreten des Gerichtssaals erwarteten. Der Vorsitzende Richter des Geschworenengerichts, Philippe Dary, hatte soeben verkündet, dass der ältere Sohn des Angeklagten, Guillaume Agnelet, am gestrigen Tag den Staatsanwalt seines Wohnorts Chambéry (Savoyen) aufgesucht habe, um eine Zeugenaussage zu machen. Den Blick auf die beiden Blätter geheftet, die vor ihm auf dem Pult lagen, las der Vorsitzende Folgendes vor:

»Ich bin gekommen, um Sie über eine Gewissensentscheidung im Prozess meines Vaters in Kenntnis zu setzen. Ich bin davon überzeugt, dass er Agnès Le Roux ermordet hat. Zu dieser Schlussfolgerung bin ich infolge von Enthüllungen gelangt, die mir vonseiten meines Vaters wie vonseiten meiner Mutter gemacht worden waren.«

Es folgte die minutiöse Beschreibung dreier schrecklicher Momente.

Dann die Worte: *»Mein heutiger Schritt kostet mich sehr viel Überwindung. Ich weiß, dass meine Aussage den Bruch mit meiner Familie besiegeln wird, genauer gesagt mit meiner Mutter und meinem Bruder. Auch fürchte ich mich vor der Reaktion meines Vaters, der womöglich auf die eine oder andere Weise versuchen wird, Rache zu nehmen. Ich bin bereit, in den kommenden Tagen im Geschworenengericht von Rennes persönlich auszusagen.«*

Was folgte, war ein einziger Knall. Eine Familie und ihre Geheimnisse zerbarsten live vor den Augen der Öffentlichkeit. Wir in den hinteren Reihen der Zuschauerbänke warteten nun darauf zu sehen, was die Explosion anrichten würde. An diesem Tag habe ich in den Abgrund geschaut. Kalter Schweiß, eine unmenschliche Erschütterung, ein nicht enden wollendes Beben.

Vier Tage später verurteilte das Geschworenengericht von Ille-et-Vilaine Maurice Agnelet wegen Mordes zu zwanzig Jahren Freiheitsstrafe. Siebenunddreißig Jahre nach dem Verschwinden der jungen Frau erlebte der Fall Le Roux seinen juristischen Epilog. Eine andere Geschichte hatte alles ins Wanken gebracht. Sie hatte sich nebenbei abgespielt, fast ebenso lange angedauert, und wir hatten nichts davon mitbekommen, nichts geahnt.

Der Sohn, der seinen Vater beschuldigte, war mir nicht unbekannt. Ich hatte erlebt, wie er an der Seite seines Vaters gekämpft hatte, um dessen Unschuld zu beweisen. Ich wollte verstehen. Ich kannte die Bühne ohne die Kulissen. Das Licht ohne den Schatten. Den Augenblick ohne den Zeitverlauf.

Ich schrieb Guillaume Agnelet einen langen Brief. Er antwortete.

Als ich ihn das erste Mal auf einem Bahnsteig wiedersah, erkannte ich auf den ersten Blick, dass er ebensolche Angst hatte wie ich. Wir genossen nicht länger den Schutz der Gerichtsmauern, die Rolle, die sie jedem von uns zuwiesen. Er, Sohn des Angeklagten, Zeuge, der vor Gericht die Fragen des Vorsitzenden, des Generalstaatsanwalts und der Anwälte beantwortete. Ich, Journalistin, stumm, die zwischen anderen saß, auf einer Bank in seinem Rücken. Der Ort wirkte plötzlich zu groß, zu hell. Es gab keine Gerichtsdienerin mehr, nicht die undurchdringliche Stille, die eine Verhandlung begleitet, auch nicht die Umgebung aus Stein und altem Holz, nicht das Gefühl einer Tragödie, bedrückend und erhebend zugleich. Es gab nur einen Bahnhof voller Menschen, die es eilig hatten. Und mittendrin Guillaume Agnelet, einen Rucksack auf dem Rücken, der mir die Hand hinstreckte.

Weitere Treffen sollten folgen. Jedes Mal spürte ich dieselbe unverminderte Spannung, mich den Abgründen zu nähern, die er durchlebt hatte. Gemeinsam mit ihm die Jahre zurückzugehen, dann die Tage und schließlich die Stunden vor seiner Aussage.

Er ist der mittlere Sohn. Der älteste war ein brillanter Kopf und imponierte seinem Vater. Der jüngste war körperlich eingeschränkt und forderte die volle Aufmerksamkeit seiner Mutter. In den ersten Jahren wohnte die Familie gedrängt im ersten Stockwerk eines ockerfarbenen Gebäudes am Blumenmarkt, Cours Saleya Nr. 13, in dem sich sowohl die Wohnung wie auch die Kanzlei des Rechtsanwalts Maurice Agnelet befand. Der Anwalt besah sich gern im Spiegel, seine langen Beine, die in Hosen aus Feincord steckten, der edle Pullover mit Römerkragen, der ihn an die Zeit erinnerte, als er noch davon träumte, Seminarist zu werden, und das erstaunte und entrüstete Schlucken, das er auslöste, wenn er an sonnigen Tagen mit Sandalen an den nackten Füßen, die unter seiner Robe hervorschauten, im Gericht erschien. Er zog die Blicke der Männer an und gefiel den Frauen, hatte große Erwartungen an seine Freimaurerfreundschaften, liebäugelte mit dem Vorsitz der hiesigen Liga für Menschenrechte und wusste es zu schätzen, dass Anne, seine Frau, vor seinen nächtlichen Eskapaden die Augen verschloss.

Guillaume war fasziniert von der mächtigen Polstertür in der Kanzlei seines Vaters und von der krokodilledernen Aktentasche mit Zahlenschloss, die dieser aus der Schweiz mitgebracht hatte. Am meisten liebte er jedoch das Motorrad, eine alte 750er BMW, die Maurice Agnelet auf einer Polizeiauktion erstanden hatte und mit der er ihn bisweilen von der Schule abholte. Der Siebenjährige zog sich am Sattel hoch, da seine Beine nicht bis zu den Fußhaltern reichten.

Das Gesicht an den Rücken seines Vaters gepresst, wartete er voller Ungeduld darauf, dass die Straße, die hinter den Vororten in die Berge führte, schmal und kurvig wurde. Während Guillaume den Geruch der von der Sonne versengten Kiefern in der Nase spürte und ihm der Wind um die Ohren pfiff, merkte er, sobald sie sich einer Kurve näherten, wie das Motorrad langsamer wurde und zur Seite kippte, als wollte es sich auf den Straßenrand legen, um dann wieder zu beschleunigen und sich aufzurichten. Ängstlich und vergnügt schloss er die Augen, umschloss die Taille seines Vaters etwas fester und zählte die Kehren, die noch vor ihnen lagen. Nie hat er sich ihm näher gefühlt als in diesen Momenten.

Ihr Haus stand am Ende der Straße zum Mont Macaron. Die Hütte des Straßenwärters, in der sie früher ihre Sonntage verbracht hatten, war mittlerweile zu einer großen Villa mit Terrasse angewachsen, von der aus man die ganze Bucht der Stadt Nizza überblicken konnte. Anne trug ihre langen Haare offen, sie goss Kerzen in farbigen Gläsern, hörte Jean Ferrat, Georges Moustaki oder Joan Baez und verbot ihren Söhnen, sich dem Webstuhl mit den zwei Pedalen zu nähern, der im Salon thronte. Bald sollte es auch ein Schwimmbad und Partys geben, zu denen Maurice Agnelet, der mittlerweile Meister vom Stuhl seiner Freimaurerloge sowie Stadtverordneter geworden war, jedes Jahr mehr Gäste einlud.

Im Garten spielten die drei Jungen, sausten laut schreiend die metallene Rutschbahn hinunter, deren Rot in der Sonne allmählich verblasste. Thomas dachte sich Witze aus, über die er laut lachen musste. *»Was ist der Unterschied zwischen einem Flugzeug und einer Kartoffel? Antwort: Das Flugzeug fliegt in die Luft, die Kartoffel geht in die Erde.«* Jérôme, der

Älteste, genoss ein Privileg, um das Guillaume ihn beneidete. Einmal pro Woche nahm sein Vater ihn mit ins Kino, wo sie sich »Erwachsenenfilme« anschauten. Den beiden Kleinen versprach er, sie später ebenfalls mitzunehmen.

Aber später kam ihnen »die Sache« dazwischen. Guillaume war acht. Er konnte sich nicht daran erinnern, dass die lächelnde brünette Frau mit den schwarzen Augen, die ihm eines Morgens, als sie Maurice Agnelet nach Hause brachte, ein Eis spendiert hatte, Agnès hieß. Erst sehr viel später drang dieser Vorname in sein Leben ein.

Die junge Frau entstammte einer wohlhabenden Familie an der Côte d'Azur. Ihr Vater Henri Le Roux hatte der Familie bei seinem Tod seine Anteile am Palais de la Méditerranée vererbt, dem imposanten Art-déco-Gebäude an der Promenade des Anglais, in dem sich damals das zweitgrößte Casino Frankreichs befand. Getreu dem Versprechen, das sie ihrem Gatten gegeben hatte, nahm Renée Le Roux die Zügel der Spielbank in die Hand und verteidigte das Familienerbe gegen alle Angriffe seitens des Besitzers des Nachbarcasinos, Jean-Dominique Fratoni. Der Mann stand der Mafia nahe und genoss die Unterstützung des Bürgermeisters Jacques Médecin, der Nizza zum französischen Las Vegas machen wollte, und er war zu allem bereit, um sein Reich auszubauen.

Fratoni hatte in Maurice Agnelet, dem Logenbruder, einen idealen Verbündeten gefunden. Dem Anwalt war von Renée Le Roux gerade die Zusammenarbeit aufgekündigt worden, mit seiner Kanzlei ging es bergab, und seine Rachsucht war groß. Vor allem aber war er zum Liebhaber ihrer

Tochter Agnès avanciert, seit diese ihn für ihre Scheidung angeheuert hatte.

Von den vier Kindern der Familie Le Roux war Agnès das rebellischste. Sie hasste die Welt der Casinos und der Spieltische, der sie ihr Vermögen verdankte, und wollte sich davon befreien, indem sie ihr Erbteil einforderte. Sie träumte davon, eine Zeitung zu gründen, deren Namen sie bereits festgelegt hatte, *Bleu*, und hoffte, ihr Geld würde Maurice Agnelet dazu bringen, seine Frau und seine Kinder zu verlassen, um mit ihr zusammenzuleben. Als er ihr vorschlug, mit Fratoni zu verhandeln, folgte Agnès blind seinem Rat. Für einen Gegenwert von drei Millionen Franc trat sie ihm ihr Stimmrecht ab, das sie im Vorstand des Casinos innehatte.

Am 30. Juli 1977 stimmte die junge Frau gegen ihre Mutter, wodurch diese die Geschäftsführung des Casinos ihrem gehassten Rivalen überlassen musste. Drei Monate später verschwand sie spurlos. Die Machenschaften des sonderbaren und charmanten Anwalts sollten alsbald die Polizei und die Justiz interessieren.

Den drei Jungen dämmerte, dass etwas nicht stimmte, als ihnen ihre Mutter im Sommer 1979 eröffnete, sie würde mit ihnen ohne ihren Vater auf die andere Seite des Mittelmeers ziehen, nach Marokko. Aber in diesem Alter stellt man nicht allzu viele Fragen, und außerdem war Marokko für sie kein unbekanntes Land, ihre Mutter hatte ihnen oft davon erzählt, dort war sie geboren und bis zu ihrem fünfzehnten Lebensjahr aufgewachsen. Anne packte die drei Söhne in ein Auto voll mit Koffern, halbherzig verschnürten Spielzeugkisten und Hausrat und fuhr mit ihnen drei Tage durch Spanien. Thomas mit seinem kaputten Rücken saß vorn, Jérôme und Guillaume kauerten hinten auf dem Gepäck, sie hingen fast unter dem Dach und sangen aus Leibeskräften Lieder von Brassens.

Die Familie zog in die Rue Oukaïmeden im Weißen-Viertel von Rabat namens Agdal. Das schmale weiße Häuschen hatte Zugang zu einem Garten, der von Mispeln gesäumt war. Anne schlief oben, die drei Jungen teilten sich die zwei Zimmer im Erdgeschoss, Guillaume und Thomas das Zimmer zur einen Seite, Jérôme das zur anderen. Jeden Morgen gingen die zwei Großen zu Fuß zum Gymnasium Descartes, wo Guillaume in die sechste Klasse eingestuft worden war. Anne brach viel früher auf, sie hatte eine Anstellung als Französischlehrerin in einer Jungenschule in Kenitra gefunden, fünfzig Kilometer weiter nördlich.

Oft beschwerte sie sich bei den Kindern über deren Vater. Er sei schuld daran, dass sie Nizza verlassen mussten, behauptete sie, er bezahle nicht genug Unterhalt, habe nur widerwillig Thomas' Korsett übernommen, das dieser nach der Operation brauchte. Er habe ihr Leben zerstört. Ihre Wut war so groß, dass die Jungen rasch lernten, in ihrer Gegenwart den Namen Maurice nicht in den Mund zu nehmen.

Guillaume und seine Brüder hatten ihn immer beim Vornamen genannt, »Maurice«, nicht »Papa«. Vermutlich hatte Maurice das von Jérôme verlangt, und die beiden anderen taten es ihm nach.

Dabei hatte er Charme, dieser Vater, der ihnen Ansichtskarten aus Kanada schickte. Da er aufgrund »der Sache« aus der Anwaltskammer ausgeschlossen worden war, hatte er sich dort mit einer anderen Frau, Françoise, ein neues

Leben aufgebaut. Guillaume kannte sie gut, er hatte sie mit ihrem Mann und ihren beiden Kindern früher oft in Nizza gesehen. Die beiden Familien waren sogar zusammen in Urlaub gefahren. Françoise Lausseure war sehr reich, genau wie Agnès. Vor allem hatte sie einen großzügigen Vater, der mit Pharmaprodukten ein Vermögen gemacht hatte. Sie war witzig, hatte ein spitzes Gesicht, war bekannt für ihre Lachsalven, besaß ein Cabriolet, mit dem sie gern durch die Gegend raste, und war bis über beide Ohren in Maurice Agnelet verliebt.

Als Jugendlicher konnte Guillaume diesem weit entfernt lebenden Mann mehr abgewinnen als seiner allzu präsenten schwermütigen Mutter. Er fand, Maurice ähnle dem Helden in Rappeneaus Film *Feuer und Flamme*, der von Yves Montand verkörpert worden war, einem gerissenen, schwer erträglichen, anstrengenden und unwiderstehlichen Gauner.

Seine Mutter hielt ihn nicht ernsthaft zurück, als er zu seinem Vater nach Kanada ziehen wollte. Das war 1982, er war dreizehn, versteckte seine Pausbacken unter langen braunen Haaren und seine ersten Pickel hinter einem indianischen Stirnband. Alle Jungen seines Alters wollten wie Björn Borg aussehen, und Guillaume fand, dass sein Aussehen gut zu einem Leben in Quebec passte, zu Bootsausflügen auf dem Sankt-Lorenz-Strom und zu Spritztouren im Geländewagen, die stets in einer tiefen Wagenspur endeten. Maurice Agnelet arbeitete wenig bis gar nicht, er hatte sich vielmehr damit abgefunden, von Françoises Geld zu leben. Er hatte sie überredet, ihn zu heiraten, und sie bezahlte alles, sträubte sich ein wenig, als Maurice sie bat, ihm zusätzlich zu allem anderen seine Rückstände auf die Unterhaltszahlungen an

Anne vorzustrecken, aber am Ende gab sie immer nach. Guillaume war der einzige Agnelet im Kreise von Françoises Kindern, fast ein Einzelkind also, und das war angenehm.

In Marokko hingegen machte Jérôme sein Abitur, er war fünfzehn und wollte später einmal Forscher werden, auch er hatte lange Haare und interessierte sich zunehmend für Jungen. Er war ein Exzentriker und Provokateur, und wenn Guillaume ihn in den Ferien sah, fand er, dass Jérôme Stil hatte mit seinem offen stehenden Hemd und zwei verschiedenfarbigen Schuhen an den Füßen. Thomas' Rücken war immer noch nicht stabil, aufgrund seines Korsetts konnte er sich nicht selbst die Schuhe zubinden, bald sollte seine Wirbelsäule mit einem Eisengestell verstärkt werden. Anne forderte ständig Geld von Maurice, der zu zahlen versprach, aber nur selten etwas schickte.

Von Zeit zu Zeit tauchte »die Sache« in den Unterhaltungen auf. Sie schien Maurice Sorgen zu bereiten. Guillaume glaubte damals, es handle sich um eine dubiose Geldgeschichte aus der Zeit, als sein Vater noch Anwalt war, sie interessierte ihn daher kaum. Doch mitten im Sommer 1983 änderte sich auf einen Schlag alles. Maurice Agnelet wurde von der Polizei gesucht, der Untersuchungsrichter, der die Vorermittlungen im Fall der vermissten Agnès Le Roux leitete, hatte einen internationalen Haftbefehl gegen ihn ausgestellt. Guillaume packte seine Sachen und nahm Abschied von Saint-Laurent. Wenige Tage später, am 25. August 1983, wurde in Nizza gegen seinen Vater »Anklage erhoben«, er wurde des Mordes an seiner vermissten Geliebten bezichtigt und sofort in Untersuchungshaft gesteckt. Er sollte sechs Monate im Gefängnis bleiben.

Von da an lernte Guillaume mit aufdringlichen Gästen zu leben. Mit Richtern, Polizisten, Experten und vor allem einer Frau, Renée Le Roux, in der er eine böse Hexe sah, die seinen Vater unerbittlich verfolgte. Er erlebte sogar mit, wie ein Bulldozer auf dem Familienanwesen in Cantaron anrückte und die aufgeschüttete Erde um das Schwimmbad durchwühlte. Ein anonymer Hinweisgeber hatte angedeutet, Agnès Le Roux' Leiche könne sich dort befinden. Der Richter hatte die Grabungen angeordnet, eine Gruppe Kriminaltechniker mit Handschuhen sammelte gewissenhaft alles ein, was auch nur im Entferntesten an Knochenreste erinnerte, und steckte es in eine sterile Plastiktüte. Der ganze Zirkus amüsierte Guillaume, er wusste genau, dass es sich um Knochen handelte, die von Motus und Belle beim Spielen im Garten vergraben worden waren.

Anne wurde vom Richter vorgeladen und zu Maurice Agnelets Terminen am Allerheiligenwochenende 1977 befragt, an dem Agnès Le Roux verschwunden war. Sie antwortete, sie könne sich nicht *»zu hundert Prozent«* an seine Anwesenheit zum fraglichen Zeitpunkt in Cantaron erinnern, diese sei jedoch *»wahrscheinlich«*, weil sie ihn damals gebeten habe, jeden Tag da zu sein, schließlich hatten die Kinder Ferien. Als der Richter nachhakte und versuchte, mehr über die Beziehung zu ihrem Exmann nach der Trennung in Erfahrung zu bringen, sagte sie, sie habe *»vollstes Vertrauen in ihn«*. Als Beweis führte sie an, dass sie Guillaume ein ganzes Schuljahr lang seiner Obhut überlassen habe.

Nach seiner Entlassung aus dem Gefängnis fand Maurice Agnelet Unterschlupf bei einem Pariser Maler, den er achtzehn Jahre zuvor, 1968, am Strand an der Promenade des

Anglais kennengelernt hatte, wo den beiden Männer ein Blick genügte, um sich gemeinsam davonzumachen. Seinem früheren Freund, der völlig abgebrannt war, überließ Patrick Poivre den Anbau neben seinem Atelier, ein Zimmer in einem düsteren und traurigen Hinterhof. Dorthin zog sich Maurice mit den vielen Bänden seiner Ermittlungsakte zurück. Tagelang versenkte er sich in die Dokumente. Hin und wieder ging er auf die Jagd, wie er sagte, kam mit persönlichen Papieren derjenigen zurück, die er getroffen hatte, legte Mappen mit ihren Namen an. Poivre, der ihn fragte, was er damit vorhabe, präsentierte Maurice seinen Lieblingssatz: *»Es kann immer mal nützlich sein.«* Poivre hatte einmal erlebt, wie er wutentbrannt von einem Prälaten zurückkam, um den er herumscharwenzelt war in der Hoffnung, eine Anstellung als Privatsekretär zu bekommen. Wie eine Trophäe präsentierte er einen Slip und ein Unterhemd, die angeblich dem Kirchenmann gehörten, und drohte damit, ihn damit bei seinen Vorgesetzten anzuschwärzen.

Im Sommer 1985 kamen Guillaume und Thomas zu Besuch. Die beiden Brüder schlugen in dem kleinen Zimmer die Zeit mit Fernsehserien tot, während Maurice sich die Stapel an Vernehmungsprotokollen vornahm und auf das Los schimpfte, das die Justiz für ihn ausersehen hatte. Während dieser Zeit hörte Guillaume seinen Vater einmal Folgendes murmeln:

»Egal, solange sie die Leiche nicht finden, habe ich nichts zu befürchten.«

Maurice Agnelet schaute seinem Sohn in die Augen und schob hinterher:

»Und ich weiß, wo die Leiche ist.«

Guillaume war vierzehn. Was fängt man im Alter von vierzehn Jahren mit so einem Satz an? Man sieht zu, wie er in einem nach unten sackt und in der Dunkelheit verschwindet. Man sagt sich, dass man sich vielleicht verhört hat. Oder geträumt. Man hält vor allem die Klappe. Man fühlt sich mies, weil man nicht widersprochen hat. Denn in dem Moment fiel Guillaume nichts anderes ein, als seinem Vater beizupflichten. Ihm hat sich vor allem eins ins Gedächtnis eingebrannt, die Versicherung seines Vaters, der sich selbst beruhigte. Anschließend hat er sich eingeredet, dass Maurice manchmal den größten Unsinn von sich gibt.

Er ist ja auch kein Vater wie jeder andere, langweilig und streng. Maurice redet wie ein Kumpel. Er stellt dem Maler seinen Sohn Jérôme vor und stört sich nicht daran, dass sie am nächsten Morgen zusammen im Bett liegen. Er sagt Dinge, die andere Väter nicht sagen. Zum Beispiel, dass es kein Gut und Böse gibt. Auch keine Moral. Er behauptet, er selbst sei *»amoralisch, nicht unmoralisch, verstehst du den Unterschied, Junge?«* Er bringt seinem Sohn bei, das Wichtigste im Leben sei, sich nicht erwischen zu lassen. Dann bricht er in schallendes Gelächter aus, und auch der Sohn lacht in der Annahme, es sei ein Scherz.

Weshalb sollte sich Guillaume auch Sorgen machen? Ein Oberstaatsanwalt, ein Untersuchungsrichter und später noch weitere Richter, die von der unbeugsamen Feindin der Familie, Renée Le Roux, angerufen worden waren, setzen einer nach dem anderen ihr Namenszeichen unter ein Papier mit dem Briefkopf der französischen Justiz, auf dem stand: *»Angesichts der gegenwärtigen Erkenntnislage«* der Ermittler hinsichtlich des Verschwindens von Agnès Le Roux *»sind* *derzeit nur Hypothesen möglich, die nicht auf einer gesicherten Grundlage stehen.«*

Mit anderen Worten, an diesem Tag im April 1986 enden die Mordanklagen, und Guillaume kann seine unselige Erinnerung begraben. Mag die Justiz gegen seinen Vater wegen des Verkaufs der Aktien des Palais de la Méditerranée weiterhin gerichtlich vorgehen, der Sohn macht sich darüber nicht allzu viele Gedanken. Man kann problemlos damit leben, dass der eigene Vater schlimmstenfalls ein kleiner Betrüger ist. Vor allem, wenn man gelernt hat, das Opfer des Betrugs, Renée Le Roux, zu hassen. Man kann sogar stolz darauf sein. Als sich Guillaume Agnelet beim Erreichen seiner Volljährigkeit eine Unterschrift zulegen will, kopiert er die von Maurice.

Währenddessen ist Jérôme Forscher am Pariser Institut Curie geworden. Er verbringt sein Leben mit einem Mann, der einst eine Beziehung mit seinem Vater hatte. Maurice ist außer sich, sagt zu seinem Sohn, dass er sich mit seinem »knackigen Hintern« wahrlich etwas Besseres hätte suchen können. Doch seit kurzem wirkt Jérôme ziemlich schlapp, er wird hohlwangig, seine Unverfrorenheit ist dahin, von einem neuen Gefühl hinweggefegt, einer Mischung aus Wut und Panik. Jérôme ist zwanzig und wird sterben. Er hat Aids.

Anne ist aus Marokko zurück, sie lebt mit Thomas in Cantaron. Jeden Morgen geht sie die wenigen Meter, die ihre Villa von Jérômes Krankenzimmer trennen. Er kann das Bett schon nicht mehr verlassen, seine Lungen füllen sich mit Wasser, müssen regelmäßig punktiert werden, damit er atmen kann. Sein Vater hat ihm per Post ein Buch geschickt, in dem er Absätze unterstrichen hat, die Jérôme noch lesen kann, bevor er ins Koma fällt. In einem davon heißt es: *»Schuld sind allein die Kranken selbst.«*

Guillaume hat es übernommen, Maurice von Jérômes Todeskampf zu unterrichten. Er ist einundzwanzig, sein großer Bruder liegt im Sterben, und er steht an diesem 19. Dezember 1990 Wache. Unten auf dem Krankenhausparkplatz befindet sich Maurice, der seinen Ältesten ein letztes Mal sehen möchte. Oben im Zimmer befindet sich Anne, die ihm nicht über den Weg laufen will. Und zwischen ihnen befindet sich Guillaume, der den einen über die Ankunft des anderen informiert, seine Mutter zum einen Ende des Korridors begleitet, am anderen Ende seinen Vater abholt, Türen öffnet und wieder schließt, den einen wegschickt und die andere zurückholt, und sich so gut wie möglich vor den dunklen Seiten der beiden Erwachsenen schützt, die zu sehr mit ihrem Kummer beschäftigt sind, um seinen zu sehen.

Maurice war kaum älter als Guillaume, als er seinen eigenen Bruder verlor. Robert war jünger gewesen als er, hatte Medizin studiert und sich mit Haut und Haar in ein junges Mädchen verliebt, das seinen Eltern nicht genehm war. Nicht reich genug, hatten sie befunden. Sein Vater liebte das Geld, das in seinem Ledergeschäft in der Ladenkasse klingelte, seine Mutter deckte die Möbel in der Wohnung der Familie mit Bettlaken ab, und beide träumten von einer guten Partie für ihre Kinder. Sie verlangten von ihrem Sohn, die Verbindung zu beenden, Robert versuchte, sich mit Tabletten das Leben zu nehmen. *»Ein Medizinstudent vermasselt seinen Selbstmord nicht«*, sagte sein Vater zu ihm. Robert flüchtete nach Monaco, suchte in Savoyen Zuflucht. Wenige

Monate später, im Sommer 1959, erhielten seine Eltern einen Telefonanruf der Nachbarn, die über den Geruch in Roberts Wohnung klagten. Der junge Mann hatte das Gas aufgedreht, sein Tod lag mehrere Tage zurück. Maurice wurde von seinen Eltern beauftragt, die Leiche im Leichenschauhaus zu identifizieren. Sie hatten ihm des Weiteren aufgetragen, sich allein um die Beisetzung zu kümmern, Savoyen sei von Monaco zu weit entfernt, und außerdem, sagte sein Vater, *»ist ja sowieso nichts mehr zu machen ...«*

Jérôme starb am Tag, nachdem Maurice ihn im Krankenhaus besucht hatte. Als Maurice während der Einäscherung versuchte, sich Anne anzunähern, wies sie ihn mit einer Heftigkeit zurück, die Guillaume erzittern ließ.

Kurz darauf sagte Anne zu ihm:

»Dein Vater ist der leibhaftige Teufel.«

»Mag ja sein, dass er etwas Teuflisches ausstrahlt, aber ...«

Sie ließ ihn den Satz nicht einmal zu Ende sprechen.

»Nein. Er IST der leibhaftige Teufel.«

In der Villa in Cantaron vergeht Anne vor Trauer und Schmerz. Ihr Leben erscheint ihr unerträglich, sie erwägt, ihm ein Ende zu setzen, erträgt die Blicke der anderen nicht mehr. Sie hat Angst davor, die Zeitung aufzuschlagen, dort mit »der Sache« konfrontiert zu werden. Denn in Nizza wird ständig darüber geredet. Das Casino, das Geld, die Erbin, die Geliebte, wie sollte man diese mysteriöse Geschichte vergessen?

An einem dieser quälenden Abende, als sie allein zu Hause waren, rief sie Guillaume zu sich ins Schlafzimmer.

»Ich will dir etwas über deinen Vater erzählen. Damit du weißt, wer er wirklich ist.«

Er trat näher an das Bett, auf dem seine Mutter im Schneidersitz saß. Sie sah ihn mit diesem harten Gesichtsausdruck an, den er so gut an ihr kannte, den sie immer annahm, wenn sie ihm vorwarf, seinen Vater zu sehr zu verteidigen, sich nicht auf ihre Seite zu schlagen, gegen Maurice. Dennoch nahm Guillaume auch etwas anderes wahr. Eine Entschlossenheit, einen veränderten Tonfall, der ihm Angst einjagte.

»Alles, was ich dir erzählen werde, habe ich von ihm gehört.«

Guillaume senkte den Kopf. Er hörte sich ihre Worte an. Unbedachte Worte, die ihm erzählten, was er seit seinem vierzehnten Lebensjahr vergeblich zu verdrängen versuchte. Dass Agnès tot ist und Maurice sie umgebracht hat. Anne weiß noch viel mehr, und auch schon sehr lange. Sie behauptet, es sei am Allerheiligenwochenende 1977 passiert, in Italien, an einem abgelegenen Ort in der Umgebung von Monte Cassino, wo Maurice und Agnès Station gemacht hatten, um die Nacht zu verbringen.

»Er hat sie im Schlaf erschossen.«

In Filmen und auch in schlechten Träumen kann man sehen, wie ein Mann auf eine Frau zielt, nachts, an einem abgelegenen Ort auf dem Land. Noch sind es nur Bilder. Aber es folgen auch Worte.

»Maurice hat um Hilfe geschrien, um zu sehen, ob jemand den Schuss gehört hat. Wäre jemand gekommen, hätte er behauptet, Agnès habe sich das Leben genommen.«

Im Kino und in Träumen *denkt* man nicht daran, um Hilfe zu schreien, *»um zu sehen, ob es jemand hört.«* Und sein Vater hatte *überlegt*, wenn jemand käme, *würde er behaupten*, Agnès habe sich das Leben genommen.

Guillaume hob den Blick und starrte seine Mutter einen kurzen Augenblick lang an, dann wandte er sich ab. Sie redete weiter. Sie sagte, anschließend habe Maurice Agnès' nackte Leiche unterhalb einer Straße abgelegt, seine Waffe von einer Brücke ins Wasser geworfen und sei bis zur französisch-italienischen Grenze gefahren. Er habe Agnès' Range Rover auf einem Bahnhofsparkplatz abgestellt und die Schlüssel im Zündschloss zurückgelassen, dann sei er mit dem Zug nach Nizza zurückgekehrt.

»Das war's. Ich wollte, dass du Bescheid weißt, damit du dir bezüglich deines Vaters keine Illusionen machst.«

Guillaume verließ das Zimmer, Anne hielt ihn nicht zurück. Kein Blick, kein Kuss. Er ging ins Wohnzimmer und setzte sich vor den Fernseher, bis zum Ende der Sendezeit.

Er war nun der älteste Sohn.

»Um das Geheimnis zu bewahren, fand man keine scharfe Verordnungen nöthig [...] das Geheimnis empfahl sich wie von selbst und durch seine eigene Wichtigkeit.«

Bossuet, *Universalgeschichte vom Anfange der Welt bis auf das Kaiserreich Karl's des Großen*

Der Vorschlag kam von Guillaume.

»Wollen Sie das Haus sehen?«

Natürlich wollte ich das. Es tauchte am Ende einer Sackgasse auf, oberhalb der Stadt. Das Haus besaß die eigentümliche Schönheit eines verlassenen Herrschaftsgebäudes, dem der Frühling gnadenlos zusetzte. Das Unkraut überwucherte das Tor, und die Äste einer blühenden Kletterrose zogen sich über die Fassade mit den geschlossenen Fensterläden. In diesem Haus in Chambéry, das Maurice' Großeltern mütterlicherseits gehört hatte, hat Guillaume sieben Jahre lang mit seinem Vater gelebt. Er bewohnte mit seiner Partnerin und seiner damals nur wenige Monate alten Tochter das obere Stockwerk, als Maurice ihm seine Rückkehr nach Frankreich ankündigte.

Maurice bezog die drei Zimmer im Erdgeschoss, die streng und muffig rochen. Kabel schlängelten sich über den Holzfußboden, kletterten über eine Anrichte und klammerten sich an die Decke, festgehalten von grob geflochtenen Eisendrähten. Die Regale bogen sich unter einem Durcheinander aus Wanduhren, Feuerzeugen, Taschenlampen, Batterien, die in großen Mengen gekauft worden waren, alten

Schlüsseln, die nichts mehr aufschließen würden, und Korkenziehern, die er sammelte. Maurice Agnelet hatte sich nur einen einzigen Luxus gegönnt, einen amerikanischen Eisschrank mit Eisspender. Dieser thronte mitten in der Küche zwischen der Emaille-Spüle und dem alten Vorratsschrank, in dem sich Dutzende Konservendosen und angebrochene Aperitifflaschen aneinanderreihten, die auf dem mit Reißzwecken befestigten Schrankpapier klebrige Kreise hinterlassen hatten.

Das Schlafzimmer war noch schlimmer, mit seinen aufeinandergestapelten Matratzen und den beiden Fernsehgeräten, die Maurice Agnelet üblicherweise bis spät in die Nacht laufen ließ, wobei er auf dem einen Bildschirm einen Dokumentarfilm sah und auf dem anderen einen Spielfilm, bis Guillaume oben auf den Fußboden pochte, damit er den Ton leiser stellte.

Die Justiz hatte den ehemaligen Anwalt in Panama aufgespürt, wohin er sich nach Jahren des Umherschweifens auf dem amerikanischen Kontinent zurückgezogen hatte. Seine Eltern waren verstorben und hatten ihm ein Erbe hinterlassen – mehrere Quadratmeter an Ladenflächen, Kellern, Garagen, kleine Wohneinheiten in Monaco –, das mit der Zeit zu einem ansehnlichen Vermögen angewachsen war. Maurice Agnelet war darum bemüht, den Nachlass nach besten Kräften fernab der französischen Finanzbehörden zu verwalten, als »die Sache« ihn plötzlich wieder einholte.

In Aix-en-Provence erwartete ihn zu Beginn des Jahres 2000 eine neue Richterin. Die Hartnäckigkeit von Renée Le Roux hatte sich ausgezahlt. Mehr als zwanzig Jahre waren seit dem unerklärlichen Verschwinden ihrer Tochter vergangen, aber Renée Le Roux hatte die Justiz schließlich davon überzeugen können, erneut ein strafrechtliches Ermittlungsverfahren gegen Maurice Agnelet einzuleiten, dieses Mal wegen *»unbefugter Wegnahme einer Leiche«*. Auslöser des Ganzen war Françoise, seine zweite Frau. Das Ehepaar hatte sich vor Jahren überworfen und verkehrte nur noch über zwischengeschaltete Anwälte miteinander. Françoise hatte das Testament widerrufen, in dem sie Maurice Agnelet zu Zeiten ihrer großen Liebe einen Großteil ihres Vermögens vermacht hatte. Sie hatte die Scheidung verlangt, er legte zahlreiche Rechtsmittel ein, um sie daran zu hindern. Françoise fürchtete sich vor allem vor dem Strafverfahren, das kein Ende nahm und sie selbst bedrohte, seit sie im Strafantrag von Renée Le Roux der *»Beihilfe zur Wegnahme eines Leichnams«* verdächtigt worden war.

Die Richterin Anne Vella interessierte sich sehr für diese Frau, die sich mittlerweile vor dem Mann fürchtete, den sie einst geliebt hatte. Sie hatte sie vorgeladen, und Françoise hatte geredet. Auf Maurice Agnelets Drängen hin habe sie vor zweiundzwanzig Jahren bei der ersten Vernehmung gelogen mit ihrer Behauptung, er sei in der Nacht vom 27. auf den 28. Oktober 1977 bei ihr in Genf gewesen. Kurz bevor sie von der Polizei befragt worden war, hatte Maurice sie damals an eine Autobahnraststätte bestellt. Er hatte ihr geschworen, unschuldig am Tod von Agnès zu sein, könne aber nicht nachweisen, wo er sich in der fraglichen Zeit aufgehalten habe. *»Du brauchst bloß zu sagen, dass ich bei dir in der Schweiz war«*, hatte er ihr vorgeschlagen. Die Verliebte war dieser Anweisung gefolgt, den Rest hatte Maurice erledigt. Nach seiner Rückkehr aus Genf habe Françoise ihn in Lyon abgesetzt, wo er in den Zug nach Paris gestiegen sei, um an einem Kongress der Liga für Menschenrechte teilzunehmen, die ihre Delegierten wählte. Die Ermittler hatten die Aussage überprüft, sein Stimmzettel als Kongressteilnehmer war an diesem Tag nicht abgegeben worden. Daraufhin hatte Maurice seine Behauptung ein wenig korrigiert. Er habe nur einen kurzen Abstecher zum Kongress der Liga unternommen, anschließend sei er durch Paris flaniert, bevor er nach Nizza zurückgeflogen sei, wo Françoise ihn abgeholt habe. Das Paar, versicherte er, habe dann eine kleine Wohnung aufgesucht, die Françoise gemietet hatte, um ihre Liebesbeziehung auszuleben.

Bei ihrer erneuten Befragung durch die Richterin liefert Françoise Lausseure allerdings eine andere Schilderung des verlängerten Wochenendes um Allerheiligen 1977. *»Wir hatten durchaus geplant, es gemeinsam zu verbringen, doch im letzten Moment hat er abgesagt. Das Einzige, was an seinen Erzählungen stimmt, ist, dass er am Sonntagmorgen nach Nizza zurückgekehrt ist und ich ihn mit dem Auto abgeholt habe«*, sagt sie. Auf die Frage der Richterin, warum sie eingewilligt habe, ihrem Liebhaber ein falsches Alibi zu liefern, antwortet sie:

»Ich habe ihm geglaubt, als er mir versichert hat, er habe Agnès Le Roux nicht umgebracht. Na ja, ich wollte ihm wohl glauben.«

Françoise Lausseures Kehrtwende, die Maurice Agnelet sein einziges solides Alibi entzog, hatte für die Wiederaufnahme des Falls ausgereicht. Natürlich bestanden gewisse Bedenken gegenüber einer Ehefrau, die mitten in der Scheidung steckte und von einer plötzlichen Rachsucht getrieben schien. Doch ihre Zeugenaussage enthielt noch weitere Details. Françoise Lausseure erklärte außerdem, dass sie sich Mitte der 1990er Jahre anlässlich eines Frankreichaufenthaltes auf ihren Wunsch hin mit Anne Litas in einem Café getroffen habe. Die beiden Frauen hatten über Maurice gesprochen und über die Angst, die sein Verhalten ihnen einjagte. *»Im Verlauf dieses Gesprächs hat mir Anne Litas etwas anvertraut, was mich erschüttert hat«*, gibt Françoise Lausseure zu Protokoll. *»Sie hat mir erzählt, Maurice habe ihr gegenüber den Mord an Agnès zugegeben.«*

Maurice Agnelets zweite Frau lässt es bei diesen Aussagen nicht bewenden. Den Ermittlern vertraut sie an, dass sie Patrick Poivre, Maurice' früheren Liebhaber, gut kenne, der anschließend eine Beziehung mit Jérôme eingegangen war. Er habe ihr die wütenden Briefe gezeigt, die der junge Mann ihm nach seiner Diagnose zukommen ließ. Darunter eine Ansichtskarte, die er wenige Monate vor seinem Tod aus Marokko abgeschickt hatte. Jérôme wollte unbedingt ein letztes Mal das Land sehen, in dem er seine Kindheit verbracht hatte. Auf die Rückseite einer Karte vom Souk des Babouches in Marrakesch schreibt er: *»Eine Karte, mit der ich noch einmal mit allem Nachdruck bekräftigen will, dass meine Eltern Mörder sind, dass ich einen Müllsack aufgemacht und beide hineingesteckt habe, die Tüte sollte man auf einer Deponie für radioaktive Abfälle entsorgen.«*

»Mörder«, natürlich lässt das Wort die Untersuchungsrichterin aufhorchen. Patrick Poivre erhält nun seinerseits eine Vorladung. Auch er empfindet gegenüber Maurice Agnelet nur noch Groll. Er hat die Ansichtskarte von Jérôme dabei. Als er ihn im Krankenhausbett gesehen habe, so abgemagert, so schwach, habe er nicht gewagt, ihn danach zu fragen.

»Das ist eine Fälschung. Das alles stimmt nicht!«, ereifert sich Maurice Agnelet, als die Richterin ihm die Karte seines ältesten Sohns vorlegt, die sie zu den Akten genommen hat. *»Meine Söhne Guillaume und Thomas können das bestätigen«*, fügt er hinzu. Allerdings legt Anne Vella den Text nicht den beiden vor, sondern einem Schriftsachverständigen. Nachdem Jérômes Schrift formal bestätigt wird, schlägt Maurice einen anderen Ton an und regt sich über das Vorgehen einer Richterin auf, die sich nicht zu schade ist, die Verzweiflung eines sterbenden jungen Mannes auszunutzen, um seinen Vater eines Verbrechens zu bezichtigen.

Mit derselben Dreistigkeit fegt er Françoise Lausseures Behauptungen hinsichtlich des falschen Alibis, das sie ihm für das Allerheiligenwochenende von 1977 gegeben hat, vom Tisch. Anne Vella versucht, ihm eine Falle zu stellen:

»Monsieur Agnelet, während Ihres Aufenthalts im Hôtel de la Paix in Genf Ende Oktober 1977 zusammen mit Madame Lausseure, hatten Sie da ein Zimmer zur Seeseite oder zur Straße hin?«

Er hält ihrem Blick stand, als er ihr entgegnet:

»Frau Vorsitzende, wenn ich mit einer Frau schlafe, schaue ich üblicherweise nicht aus dem Fenster …«

Maurice Agnelet zieht seine Show ab, aber in Cantaron, wo Anne nach wie vor lebt, in Tahiti und später Nouméa, wo Thomas sich niedergelassen hat, in Chambéry, wo Guillaume das Haus mit seinem Vater teilt, wächst die Unruhe. Ihre Telefonanrufe sind kurz und vorsichtig, verraten aber eine gewisse Hektik. Wenn er von der Arbeit nach Hause kommt, schaut Guillaume jeden Tag bei seinem Vater vorbei, um sich nach den Neuigkeiten zu erkundigen. Er trifft ihn an seinem Schreibtisch an, der am Fenster steht und auf dem er seinen Computer und einen Drucker platziert hat, umgeben von den wackligen Stapeln der vielen Bände seiner Ermittlungsakte. Auf einem der Aktenordner hat Maurice Agnelet von Hand folgenden Satz aus *Die Gerechten* von Albert Camus notiert: *»Ich habe beschlossen, unschuldig zu sein.«*

Hin und wieder bekommt Guillaume mit, wie Maurice sich selbst Briefe schreibt. Er vermerkt die Adresse – seine eigene – mit Bleistift auf dem Briefumschlag und wirft ihn in den Briefkasten. Sobald die Umschläge ein oder zwei Tage später abgestempelt zu ihm zurückkommen, radiert er die Adresse aus und legt sie nach Datum sortiert in einer Schachtel ab. Er hat schon mehrere Dutzend dieser Briefe gesammelt. *»Die können immer mal nützlich sein«*, wiederholt er.

Guillaume, der den Sinn der Aktion nicht begreift, erklärt Maurice:

»Na ja, wenn du irgendwann mal nachweisen musst, dass du jemandem zu einem bestimmten Datum einen Brief geschickt hast, nimmst du den Briefumschlag mit dem richtigen Stempel, schreibst die Adresse des Adressaten darauf, wirfst ihn noch einmal ein, und die Sache ist geritzt.«

Guillaume nannte das *»Sachkunde à la Maurice«*. Und behielt es für sich. Mit wem hätte er die Information auch teilen sollen? Das hier war jetzt sein Leben, er oben, sein Vater unten, und »die Sache«, die sie zusammenschweißte. Guillaume lud Freunde nicht mehr zu sich nach Hause ein, er hatte keine Lust, ihnen Maurice vorzustellen, nicht jeder hat einen Vater, der des Mordes angeklagt ist.

Maurice hatte ihm eingeschärft, bei Telefongesprächen vorsichtig zu sein, sie könnten von der Polizei abgehört werden. Auch Anne war wachsam. Sie hatte mit Guillaume einen Code verabredet, auf den hin sie von einer Telefonzelle aus gefahrlos telefonieren sollten. Guillaume, der sich für Informatik begeisterte, hatte die entscheidende Idee gehabt:

»Da du auf Mac stehst und ich auf PCs, rufst du an und sagst: ›Ich will mir einen PC kaufen.‹ Dann weiß ich, dass ich dich von einer Telefonzelle aus anrufen soll.«

Der Code kam nie zum Einsatz, Guillaume vergaß ihn. Bis zu jenem Frühlingstag 2004, an dem Anne mitten im Gespräch sagte, sie wolle sich einen PC kaufen. Guillaume reagierte nicht. Sie musste den Satz dreimal wiederholen, bis es bei ihm klick machte. Als sie sich von Telefonzelle zu Telefonzelle erneut sprachen, erzählte Anne ihm, dass sie gerade fast achtundvierzig Stunden in Polizeigewahrsam verbracht habe, sie war außer sich vor Wut, die Polizisten hätten für die Vernehmung absichtlich ihren Geburtstag gewählt, sagte sie. Sie hätten sie mit Fragen zu Françoise Lausseures Aussagen attackiert. *»Ich kann mich nicht erinnern. Das sind lauter Hirngespinste«*, hatte sie gesagt. Sie hätten insbesondere auf den Aussagen ihres Intimus Richard insistiert, der ebenfalls in Polizeigewahrsam genommen worden war. Die Polizisten waren davon überzeugt, dass er, der das Ehepaar Agnelet gut kannte und derselben Loge angehörte wie Maurice, weit mehr über den Fall wusste, als er zugeben wollte. Nach stundenlangen Vernehmungen hatte er schließlich eingeräumt, in den Monaten nach dem Tod ihres Sohnes Jérôme ein Verhältnis mit Anne gehabt zu haben. Damals, sagte er, habe sie ihm an einem Abend großer Verzweiflung gestanden, von Maurice Agnelet *»schreckliche Enthüllungen«* hinsichtlich von Agnès Verschwinden erhalten zu haben.

In der Telefonzelle, in der sie sich vor neugierigen Ohren sicher wähnte, hatte Anne ihrem Sohn gegenüber entschieden erklärt, sie habe *»selbstverständlich«* alles geleugnet. Sie riet Guillaume zur Vorsicht, sollte er seinerseits befragt werden. Guillaume hatte die Botschaft verstanden.

In jenem Frühjahr 2004 hatte Maurice Agnelet die Niederschrift D904 vom 25. Mai sorgfältig abgeheftet, in der Anne zu Protokoll gegeben hatte: *»Mir ist von ›schrecklichen Enthüllungen‹ nichts bekannt. Ich weiß nicht, wovon die Rede ist. Maurice Agnelet hat mir nie etwas in dieser Richtung gesagt und mich auch nicht aufgefordert, darüber zu schweigen. Ich habe vom Verschwinden von Agnès Le Roux keinerlei Kenntnis.«*

»Was für eine tolle Frau! Bewundernswert. Anne war schon immer bewundernswert!«

Das sind Maurice Agnelets Worte. Die Kamera läuft. Hinter der Kamera steht Guillaume. Die Videoaufnahme ist eine Idee seines Vaters, der seinen Auftritt vor den Geschworenen proben will. Er würde gern, sagt er, *»Ihnen die Geschichte, die Entwicklung von, äh, Agnès Le Roux bis zu den letzten Wochen im Oktober darlegen, bevor sie, äh, verschwand.«* Die Aufnahme dauert alles in allem acht Stunden. Maurice Agnelet sitzt in seiner Lieblingsecke am Fenster, er trägt eine ärmellose schwarze Weste über einem ebenfalls dicken schwarzen Pullover. An die Tür hinter seinem Rücken, die zum Flur führt, hat er Seiten geheftet, die er aus Illustrierten ausgeschnitten hat. Die beiden berühmten Porträtaufnahmen der Afghanin mit den grünen Augen, die auf der Titelseite des *National Geographic* von 2002 abgebildet gewesen waren und mit siebzehn Jahren Abstand von dem amerikanischen Fotografen Steve McCurry aufgenommen worden waren. Ein Poster zur Chronologie des Universums seit dem Big Bang, ein weiteres über das Sezieren einer Zelle hin zu einem DNA-Molekül. Und darunter eine Kinderzeichnung, auf der ein Schneemann neben einem Weihnachtsbaum zu sehen ist.

Sein Vater bereitet sich auf den Auftritt vor dem Geschworenengericht vor, und Guillaume hilft ihm dabei. Was wäre natürlicher? Thomas ist weit weg, er ist immer der Kleine geblieben, wurde stets vor den Widrigkeiten des Lebens beschützt. Jérôme, der begnadete Jérôme, lebt nicht mehr. Guillaume hat endlich seinen Platz und seine Rolle bei Maurice gefunden. Er ist der gute Sohn.

Alles in seiner Stimme bringt dies zum Ausdruck. Sie ist noch jung, ernst, konzentriert. Sie will alles richtig machen, die Stimme, sie will so gern glauben, was der Vater erzählt. Maurice Agnelet spricht von der Familie Le Roux, vom Palais de la Méditerranée und von allen Vorfällen, die Renée Le Roux in die Position der Geschäftsführerin gebracht haben, die sie sodann wieder verloren hat. Er gibt sich die Rolle des Guten, redet möglichst wenig über Agnès, zollt Anne mehrmals Anerkennung, lässt sich ausführlich über ihre weiblichen Qualitäten aus, schweift ab, spricht von seinem Traum, *»auf Internationales Recht spezialisierter Anwalt bei der UNO zu werden, dieser wunderbaren Institution!«*, kehrt zu den Unterlagen zurück. Wenn er den Faden verliert und sich bei gefährlichen Passagen verheddert, schaltet sich Guillaumes Stimme behutsam ein, *»das ist nicht ganz klar, wiederhol das noch mal«*, greift die Frage wieder auf, formuliert sie erneut. Maurice Agnelet mag diese Unterbrechungen nicht, er schiebt mit dem Zeigefinger seine Brille höher, wiederholt diese Geste mechanisch.

Manchmal fragt Guillaumes Stimme forscher nach: *»Seit diesem 26. Oktober 1977 hast du Agnès Le Roux nicht wiedergesehen?« »Nein, ich habe sie nicht wiedergesehen.«* Und sie scheint zu gehorchen wie ein gezähmtes Tier. *»Okay, so ist es gut.«* In Maurice Agnelets unzusammenhängendem Geschwätz klammert sich die Stimme des Sohns an jeden Ast, der ihm stark genug erscheint. Dann klingt sie fest, beruhigt – erleichtert? Meistens kommentiert Maurice Agnelet sich selbst. *»Vielleicht sollte ich den Geschworenen das hier sagen«; »Das werden die Geschworenen nicht verstehen«; »Der Oberstaatsanwalt wird mir daraus einen Strick drehen.«* Er reckt sich auf seinem Stuhl, verschränkt die Hände über dem Kopf. *»Gut, machen wir eine Pause, ich bin müde. Weiter geht's mit der nächsten Folge. Inschallah!«*

Am Abend nach den Dreharbeiten, während seine Partnerin und seine Tochter oben schlafen, verbringt Guillaume noch Stunden damit, in den Bildern die Belegstellen der zitierten Dokumente und ihre Notierung in der Ermittlungsakte zu ergänzen, chronologische Präzisierungen zu machen oder Identitäten hinzuzufügen, damit sich sein Vater besser darin zurechtfindet.

Vor allem liest er die Akte, die gesamte Akte. Er sieht sehr wohl, dass Maurice im Video im Detail die Geschichte des

Palais de la Méditerranée erzählt, sich aber ausweichend zu den Vorwürfen äußert, die ihm gemacht werden. Guillaume wird zunehmend mit der anderen Geschichte vertraut, der Beziehung seines Vaters zu Agnès Le Roux. Er nennt sie jetzt Agnès. Er weiß fast alles über sie, nichts ist schamloser oder gar obszöner als eine Ermittlungsakte. Es gibt Zeugenaussagen ihrer zahlreichen Freunde, ihrer Familie, die ganze Untersuchung, die ihr Leben durchleuchtet hat, aber vor allem finden sich darin ihre Worte. Die sie eifrig in ihr Tagebuch geschrieben hat, mit ihrer runden, fast kindlichen Schrift, der Schrift einer verliebten und traurigen jungen Frau, die vor ihm, dem Liebhaber, ihren Stolz aufgab, ihre Vernunft, ihre Unabhängigkeit, und sich zugleich vorwarf, zu unterwürfig zu sein und nicht genug.

Als Guillaume diese Seiten liest, ist er kaum älter als die Geliebte, die inständige Bitten an seinen Vater adressiert hat. *»Lieben ist geben. Deine Liebe ist knauserig«; »Ich war wie ein Vogel auf einem Ast, nur ohne Ast. Du hast mir angeboten, der Ast zu sein«; »Ich bin dir böse, weil ich nicht glauben kann, dass es ein Fehler ist, an dich zu glauben. Ich bin dir böse, weil Glauben so schön ist«; »Ich bin die Einzige, die dich will. Die vielleicht daran glaubt.«*

Dieses Mädchen, das sich mit Haut und Haar hingibt, bringt Guillaume zum Träumen. Verstört ihn auch. Er berauscht sich an ihren Worten, seufzt mit ihr über die Erwartungen, die Maurice nicht erfüllt, die Fragen, auf die er nicht antwortet. Guillaume fühlt sich ihr sehr nah, ihrer Traurigkeit und ihren Kindereien. Nicht ganz so wie ein Liebhaber, eher wie ein Freund oder ein Bruder. Er liebt ihre fordernde Art, ihren berechtigten Blick auf den Wert der Dinge, vor allem bewundert er ihren rebellischen Geist, ihre Entschlossenheit, sich von ihrem Status als Casino-Erbin loszusagen, von ihrem Erbe – er kennt die Sätze ihres Tagebuchs auswendig, in denen sie von *»krankem«* Geld spricht –, und er weiß um ihren Kummer, als sie sieht, dass Maurice immer wieder darauf zu sprechen kommt. *»Ich habe Maurice besucht und habe das Palais de la Méditerranée und seine Intrigen angetroffen«*, notiert sie nach einem Wochenende, das die Liebenden gemeinsam verbracht haben. Sie schreibt ihm: *»Vergiss meinen Namen, aber versuch, meinen Vornamen in Erinnerung zu behalten, Agnès.«* Hätte er den Mut dazu, würde Guillaume sagen, dass sie ihm äußerst lebendig vorkam. Im Grunde ist sie das, was er nicht ist, was er so gern wäre. Er fängt viele Sachen an, aber wirft auf halbem Wege wieder hin. Im Übrigen hat er angefangen, über sie zu schreiben, ein paar mühselige Seiten, und auch hier hat er aufgegeben. Ihm bleibt nur der Titel: *Ein Mensch, dem ich gern begegnet wäre.*

Von alledem erzählt er seinem Vater nichts, dieser würde sich nur lustig machen. Maurice wäre imstande, ihm zu sagen, wie sie am liebsten genommen werden wollte, von oben oder von unten, von vorne oder von hinten, in Seide gehüllt oder an einen Baum gelehnt, zu zweit oder zu dritt, er hat ihm schon das ein oder andere erzählt, von Agnès und den anderen Frauen, was Guillaume fasziniert und zugleich abstößt, das sieht Maurice sehr wohl, deshalb macht er auch weiter, man könnte meinen, dass er in anderen gern beklemmende Gefühle auslöst, das ist seine Art, sie zu beherrschen.

Sie sitzen sich in der Küche ihres Hauses in Chambéry gegenüber und gehen alles noch einmal durch. Seit das Datum für die Gerichtsverhandlung in Nizza feststeht – sie beginnt am 26. November 2006 und ist für vier Wochen anberaumt –, besucht Guillaume seinen Vater jeden Tag, einschließlich Wochenenden und Feiertagen, um ihn bei den Vorbereitungen zu unterstützen, die außerdem regelmäßige Termine in der Anwaltskanzlei von François Saint-Pierre in Lyon umfassen, denen er nicht beiwohnt. Die Sitzung dauert zwei oder drei Stunden, findet fast immer abends statt, doch manchmal kehrt Guillaume auch zur Mittagszeit zurück, um die Diskussion an der Stelle wiederaufzunehmen, an der sie unterbrochen worden war.

Er fühlt sich wie ein Soldat, ein *»Feldwebel der Infanterie«*, wie er sagt, der einen Angriff vorbereitet. Der Prozess seines Vaters ist zu seiner Schlacht geworden, die Feinde des Vaters sind auch seine, die Ermittlungen und die Vorwürfe, die auf ihm lasten, sind nichts anderes als Hindernisse, die ihre Feinde errichtet haben und die es zu überwinden oder zu umschiffen gilt. Es gibt keinen Platz mehr für Unklarheiten. Unklarheiten sind etwas für Friedenszeiten, aber jetzt herrscht Krieg.

Guillaume übernimmt alle Rollen, Vorsitzender, Staatsanwalt, Geschworener, gegnerischer Anwalt. Wenn er seine Fragen stellt, versucht er unerbittlich zu sein, fast sogar ein wenig streng, das ist schon unter normalen Umständen nicht einfach für einen Sohn gegenüber seinem Vater, noch weniger ist es das gegenüber Maurice.

»Was sagst du zu den Notizen in der Bibliothèque de la Pléiade?«

Davon gibt es vier, und Guillaume durchschaut sehr wohl, dass diese handgeschriebenen Zeilen für die Anklage eine Steilvorlage sind, die Maurice Agnelet zum Verhängnis werden könnten, ein roter Faden zu dem Mord, der ihm vorgeworfen wird. Maurice hatte seine Sammlung an eine frühere Kanzleimitarbeiterin verkauft, ein paar wenige Exemplare hat er behalten, nämlich die, auf denen sie seltsame Notizen entdeckt hatte. Die fünf Bände – Montaigne, Gide, Rimbaud und die zwei Hemingways – befanden sich im Schlafzimmer in Cantaron, in dem Teil der Bibliothek, der Anne vorbehalten war.

Auf der ersten Seite der *Gesammelten Werke* von Montaigne hatte Maurice vermerkt: *»17. Mai 1977-Genf-PM-PV-Freundschaft«*. Die Initialen PM-PV entsprechen denen, die der Anwalt in seinen Akten für das Casino im Palais de la Méditerranée benutzt. Die Abkürzung *»PV«* für Palais vénitien, deckt sich mit dem Namen der Eigentümergesellschaft des Casinos. Das Datum des 17. Mai 1977 entspricht seiner ersten Reise in die Schweiz mit Agnès Le Roux. Das Pärchen war per Motorrad in die Alpen gefahren und hielt von Zeit zu Zeit an, um am Fuße eines Baumes Sex zu haben, Agnès war glücklich. In Genf angekommen, hatten sie gemeinsam eine Bank aufgesucht, Agnès hatte ein Konto eröffnet, auf das das Geld von Jean-Dominique Fratoni fließen sollte im Gegenzug für ihr Versprechen, bei der Hauptversammlung des Casinos gegen ihre Mutter zu stimmen. Sie unterzeichnet sogleich ein Dokument, das Maurice die uneingeschränkte Vollmacht über das Konto erteilt.

In den *Tagebüchern* von André Gide taucht eine weitere Notiz auf: *»30. Juni 1977-Sicherheit-PM-PV«*. Am 30. Juni 1977 nimmt Agnès Le Roux am Tisch der Aktionäre des Palais de la Méditerranée Platz, unter denen sich ihre Mutter und eine ihrer Schwestern befindet, deren Blicken sie trotzt. Ihr Rechtsanwalt und Liebhaber sitzt neben ihr und gibt ihr leise Anweisungen. Die Wahl ist eröffnet, Agnès Stimme verschafft Jean-Dominique Fratoni die Mehrheit.

In den *Gesammelten Werken* von Rimbaud die dritte handgeschriebene Notiz: *»7. Oktober 1977-Das trunkene Schiff-PM-PV-Akte geschlossen«*. In der Nacht vom 6. auf den 7. Oktober wird Agnès Le Roux nach einem Selbstmordversuch ins Krankenhaus eingeliefert. Wenige Wochen zuvor hatte sie bereits Tabletten geschluckt und sich beim Aufwachen über die blauen Flecke auf ihrer Schulter gewundert. Dieses Mal versteht sie nicht, woher die Stiche an ihrem Handgelenk rühren. Sie kann sich nicht daran erinnern, sich die Pulsadern aufgeschnitten zu haben, das sagt sie zu Maurice am Telefon. Wie üblich hat Maurice das Gespräch aufgezeichnet, er hat wohl nicht damit gerechnet, dass die Bänder eines Tages gefunden und für die Ermittlungsakte transkribiert werden würden. *»Wir müssen noch einmal darüber reden, wenn du nichts dagegen hast. Oder sollten wir alles aus welchen Gründen auch immer lieber im Dunkeln lassen?«*, fragt Agnès ihren Freund.

Die ärgerlichste Notiz findet sich in einem der Romane Ernest Hemingways. *»Mittwoch, 2. November 1977-Endgültige Schließung der Akte-PM-PV-Freiheit«*. Das Allerheiligenwochenende ist gerade zu Ende gegangen, Agnès wurde fünf Tage zuvor zum letzten Mal gesehen, sie wirkte vergnügt, sie hatte ihr Auto versichern lassen – es war die Zeit, in der man noch eine grüne Kfz-Versicherungskarte brauchte, um durch Europa zu fahren – und einer ihrer Freundinnen mitgeteilt, dass sie für ein *»Wochenende nach Italien fährt«.* Danach hat sie nie wieder ein Lebenszeichen von sich gegeben.

»Diese Notizen sind verdammt ärgerlich«, sagt Guillaume.

Aber Maurice hat auf alles eine Antwort. Zum einen, erklärt er, hat er in alle Bücher der Pléiade-Ausgabe Dinge hineingeschrieben. Guillaume weiß leider nur zu genau, dass die Ermittler diese Aussage überprüft haben und dass sie nicht stimmt bzw. dass die anderen Kritzeleien zumindest nichts mit diesen vieren zu tun haben, dass nirgendwo sonst *»PM-PV«* steht. Sei's drum. Maurice redet weiter. *»Freundschaft«*, bei Montaigne ist das eine Referenz an La Boétie, *»Montaigne und La Boétie, du weißt schon, Guillaume ...«* Über *»Das trunkene Schiff«* braucht man auch nicht zu reden, jeder kennt Rimbauds Gedicht, und außerdem heißt so das Restaurant in Nizza, wo er an diesem Tag mit seiner zweiten Geliebten gegessen hat, mit Françoise. Guillaume denkt sich, behält es aber für sich, dass es nicht sehr angebracht ist, mit einer Geliebten ins Restaurant zu gehen, während die andere nach einem Selbstmordversuch im Krankenhaus liegt, aber nun gut, Taktlosigkeit ist kein Verbrechen, nicht einmal ein Vergehen, in Sachen Moral und Anstand hat Maurice schon immer gesagt, dass ihn das nicht die Bohne interessiert, also ... Und außerdem sei er Rechtsanwalt, und für einen Anwalt sei es ganz normal, Akten anzulegen und auch zu schließen. Und zum Thema *»Freiheit«*, ehrlich gesagt, wenn man Hemingways Leben kennt, *»du kennst es nicht, Guillaume? Ich werde dir davon erzählen«*, sein Engagement als Kriegsberichterstatter an der Seite der spanischen Republikaner 1936, dann im Herzen der amerikanischen Befreiungsarmee während der Landung der Alliierten 1944, das Wort *»Freiheit«* in einem Buch von Hemingway ist wirklich alles andere als verwunderlich, außer für Ungebildete.

»Was sagst du zu Agnès' Brief?«

Auf diese Frage reagiert Maurice Agnelet wie die Auster auf eine Zitronendusche: Sein Gesicht verzieht sich und kehrt dann wieder in seine Ausgangsform zurück. »Agnès' Brief« durchzieht die Ermittlungsakte. Im September 1978 hatte der die gerichtliche Voruntersuchung im Fall von Agnès Le Roux' Verschwinden leitende Richter alle überrumpelt, als er beschloss, Maurice Agnelets Kanzlei durchsuchen zu lassen. Der Anwalt war sich sicher gewesen, dass seine Kanzlei eine Tabuzone wäre, weil sich unter Nizzas Richtern, Staatsanwälten und Polizisten zahlreiche Logenbrüder befanden. Wenn man noch dazu der örtlichen Liga der Menschenrechte vorsitzt, wähnt man sich sicher vor unangebrachter Neugier.

Der Richter hatte die Kanzlei betreten, war auf den Schreibtisch zugegangen und hatte die erste Schublade herausgezogen. Ein Dokument war ihm sofort ins Auge gesprungen. Es war die Fotokopie einer handschriftlichen Nachricht, die Agnès unterzeichnet hatte – *»Tut mir leid, mein Weg ist zu Ende, ich mache Schluss, alles ist gut, ich will, dass sich Maurice um alles kümmert.«* Beim Anblick des Zettels war Maurice Agnelet erblasst und von einem Schwindel ergriffen worden. Sein Unwohlsein war dem Richter nicht entgangen, der daraufhin den Protokollführer aufforderte, es zu Protokoll zu nehmen.

Agnès' Brief war dem Richter bekannt. Er war wenige Monate zuvor entdeckt worden, deutlich sichtbar an einen Tisch gepinnt, als die Ermittler die Tür zur Wohnung der jungen Frau aufgebrochen hatten. Wie kam der Anwalt in den Besitz einer Kopie dieses Dokuments? Und vor allem, von wann stammte das Original, dessen oberer Teil abgerissen worden war? Den Richter hatte eine schreckliche Vorahnung erfüllt. Und wenn Maurice Agnelet ohne Agnès' Wissen einen verzweifelten Brief, den sie im Zusammenhang mit ihrem ersten Selbstmordversuch verfasst hatte, erneut benutzt hatte, um die Ermittler zu täuschen? Demnach wäre er selbst in die Wohnung gegangen, um den um das Datum reduzierten Brief nach Agnès' Verschwinden dort zu deponieren, damit alle an ein freiwilliges Verschwinden glauben.

»Was haben Sie mit der Leiche gemacht?«, fragte der Untersuchungsrichter unvermittelt.

Der Präsident der Anwaltskammer, der vorschriftsgemäß der Durchsuchung der Kanzlei seines Kollegen beiwohnte, protestierte gegen diese unerlaubte Vernehmung. Sein Protest gewährte Maurice Agnelet die Zeit, sich wieder zu fangen.

»Ich habe sie nicht umgebracht.«

Noch aufgewühlt von seinem Fund hatte der Richter den Oberstaatsanwalt alarmiert. Wenige Stunden später konnte Maurice Agnelet das Gerichtsgebäude jedoch als freier Mann verlassen, ohne belangt zu werden. Der Anklagevertreter war Freimaurer, er gehörte *»zum Club«*, wie Maurice sagte.

Vor allem aber ist da Agnès' Geld. Die drei Millionen Franc, die Fratoni auf ein Konto in der Schweiz eingezahlt und die Maurice keine drei Monate nach dem Verschwinden seiner Freundin an sich genommen und auf ein anderes Konto überwiesen hatte, über das er allein verfügte. Die Anklage sieht darin das Motiv für das Verbrechen. Auf Guillaumes Fragen antwortet Maurice knapp:

»Das hat sie mir geschenkt. Das Geld gehört mir. Mir!«

Das alles wiegt schwer, das weiß Guillaume. Aber er verhält sich wie ein Sohn, der gelernt hat, mit der Krebserkrankung seines Vaters zu leben, und der sich immer wieder vorsagt, dass der Vater davonkommen wird, auch wenn die Untersuchungsergebnisse nicht gut aussehen, vor allem dann, wenn sie nicht gut aussehen. So vergehen die Tage, Wochen und Monate des Jahres 2006 unter Ausschluss der Öffentlichkeit in ihrem Haus in Chambéry. Und außerdem gilt Agnès als »vermisst«. In der Ermittlungsakte steht nur dieses Wort. Vermisst.

Le Roux, Agnès Gloria. Größe: 176 cm; Geschlecht: weiblich; Körperstatur: normal bis schmächtig; Haare: schwarz, schulterlang, ziemlich kräftig, sehr lockig, nach hinten gekämmt; Gesicht: wenige Sommersprossen; Augen: dunkelbraun, mittelgroß, eventuell Korrekturgläser (Kurzsichtigkeit), trug möglicherweise eine Sonnenbrille; Augenbrauen: schwarz, dicht, leicht gezupft; Körperbehaarung: leicht, keine Gesichtsbehaarung, kein Damenbart; Stirn: leicht gewölbt; Nase: fein, gerade, leichte Tendenz zur Stupsnase, Nasenspitze normal; Zähne: kleine Lücke zwischen den oberen Schneidezähnen; Mund: normale Größe, Oberlippe normal, Unterlippe etwas voller; Ohren: normal anliegend; normale Position im Verhältnis zum Kiefer, Ohrläppchen normal, keine Ohrlöcher; Backenknochen: leicht vorstehend; Kinn: zwischen rund und spitz, leicht markant im Profil; Hals: ziemlich lang; Brust: von mittlerer Größe, ohne besondere Kennzeichen. Keine Operationsnarben; Bauch: zwischen flach und leicht rund. Keine chirurgischen Eingriffe auf der Körpervorderseite, ausgenommen eine mögliche Blinddarmoperation; Rücken: in der Mitte zur linken Seite hin ein kleiner Leberfleck; Genitalbereich: möglicher Einsatz eines Intrauterinpessars (Angabe nicht gesichert); Anus: keine Besonderheiten, keine chirurgischen Eingriffe; obere Gliedmaßen: keine besonderen Kennzeichen. Finger lang und durchschnittlich dick. Kein Nagellack. Fingernägel von normaler Länge, weder lang noch abgekaut. Untere Gliedmaßen: keine besonderen Kennzeichen; Haut: eher hell, keine Dehnungsstreifen, keine Flecken, keine Pigmentationsstörungen, keine auffälligen Schönheitsflecken; Blutgruppe: 0 Rh+; besondere Kennzeichen: Verbrennung der Kopfhaut durch einen Friseur; medizinische Vorgeschichte: Blinddarmentzündung, Schwangerschaft zum Zeitpunkt des Verschwindens möglich (Angabe ungesichert). Keine Drogenabhängigkeit, kein Alkoholismus, vermutlich moderate Nikotinsucht; Bekleidung: trug für gewöhnlich Hosen, schlichte T-Shirts mit kurzen Ärmeln, häufig schwarz. Normale Unterwäsche. Flache Schuhe, Typ Mokassins; Persönliche Gegenstände: kein Halsschmuck. Armband (gelbliches Metall mit farbigen Steinen). Einfache Armbanduhr. Mehrere Ringe an den Fingern, rechts wie links. Kein Ohrschmuck.«

So liest sich die Frau in den Polizeiarchiven. Das Dokument stammt vom September des Jahres 2002, es wurde von Kommissarin Agnès Richard, die die Ermittlungen unter dem neuen Untersuchungsrichter Richard Rolland leitet, an alle europäischen Polizeibehörden verschickt. Angestachelt vom Versagen ihrer Vorgänger, stecken die beiden viel Energie in die Nachforschungen. Dieselbe Personenbeschreibung ist an die gut sechshundert Gerichtsmediziner gegangen, die der französischen Ärztekammer angehören, mit der Bitte, ihre Archive nach dem 27. Oktober 1977 auf einen *»unidentifizierten weiblichen Leichnam«* hin durchzusehen, bei dem es sich um die vermisste Erbin handeln könnte. Vierhundertdreizehn Antworten erreichen den Richter, allesamt negativ. Die Akte füllt sich mit Beschreibungen von Leichen ohne Kopf, Köpfen ohne Körper, zertrümmerten Schädeln, Knochenfragmenten, abgebrochenen Kieferstücken, verwesten Gelenkbändern, aus einem See, einem Fluss oder dem Mittelmeer gefischt, am Fuße eines Felsens gefunden, im Wald verstreut, an einem Treidelpfad entdeckt. Beim Blättern in diesen Seiten bekommt Guillaume den Eindruck, das Land sei von anonymen weiblichen Leichen übersät. Doch die Schlussfolgerungen der Experten sind eindeutig: Keine von ihnen passt auf die Personenbeschreibung von Agnès Le Roux.

Richter Rolland und Kommissarin Richard suchen weiter. Manchmal spürt man beim Lesen ihrer Korrespondenz, wie sich die Ermittler, die sie um Hilfe bitten, sträuben. Sie haben andere Verbrechen am Hals, und diese uralte Geschichte interessiert sie nicht mehr. Doch da ist Renée Le Roux, die unbeugsame Renée Le Roux, die zunehmend dickere Brillengläser braucht, um die Untersuchungsberichte lesen zu können, und die dem Richter regelmäßig schreibt und ihn anfleht, bloß nicht aufzugeben. Sie beauftragt einen Privatdetektiv damit, den Fährten zu folgen, von denen sie glaubt, sie seien zu früh vernachlässigt worden, hört sich an, was die dubiosesten Geschäftemacher in der Gegend zu sagen haben – Magnetiseure, Knastbrüder, zwielichtige Gestalten –, die, vom Vermögen der Familie Le Roux angezogen, ihre Dienste anbieten oder versuchen, ihr zu saftigen Preisen noch den kleinsten Hinweis zu verkaufen. Auch geht bei allen, die mit dem Fall befasst sind – beim Richter, beim Staatsanwalt, bei der Familie, den Journalisten –, eine Flut an anonymen Briefen ein. Briefe in Druckschrift, nahezu unentzifferbare Hieroglyphen, dürftige Skizzen, die Agnès Le Roux zeigen sollen, werden archiviert, nummeriert und zu den Akten genommen. Einmal heißt es, Agnès Le Roux sei in Kalifornien gesehen worden, ein andermal in London, wo sie ein Töchterchen zur Welt gebracht haben soll, das den Vornamen ihrer Mutter trägt, Renée. Andere Briefschreiber wiederum beteuern, sie hätten von einem Gefängnisinsassen gehört, der Leichnam der jungen Frau sei in den Pfeiler einer Autobahnbrücke bei Nizza einbetoniert worden, daher trage eine Talbrücke den Namen Sainte-Agnès, oder auch dass er unter der neuen Landebahn am Flughafen von Nizza liege. Den serösesten Schreiben – vielmehr denen, die am wenigsten abwegig erscheinen – wird nachgegangen. Als ein Baggerlader anrückt, um die Erdwälle um das Schwimmbecken der Villa in Cantaron zu durchsuchen, gibt sich Maurice Agnelet sehr entspannt und raunt dem Staatsanwalt, der den Arbeiten beiwohnt, lächelnd zu: *»Es war schon netter, als Ihre Vorgänger noch zum Johannisfest hierherkamen …«*

Agnès' Leiche. In Guillaumes Kopf verschmelzen diese beiden Wörter zu einem, »Agnèsleiche«. Es handelt sich nicht mehr um eine Frau, sondern um eine Untersuchung, die seitenlange Protokolle füllt. Die Leiche wird überall vermutet und nirgendwo gefunden. Die Keller im Gebäude am Cours Saleya, in dem Maurice seine Kanzlei hatte, werden durchsucht, weil ein Hinweis den Richter erreicht hat, in dem die Existenz eines Brunnens von mehreren Metern Tiefe erwähnt wird, in den »Agnèsleiche« geworfen worden sein könnte. Sie wurde im Sockel einer Villa oben an einem der Hänge von Nizza gesucht, wo Françoise Lausseure eine Wohnung für ihre Stelldicheins gemietet hatte. Der Vorsteher des Amtes für Architektur und Denkmalschutz wurde hinzugezogen, weil man wissen wollte, ob es unterirdische Stollen gab, die die Villa mit dem benachbarten Schloss, dem sogenannten Château de l'Anglais, verbanden, einem irren Bauwerk, das auf einem Felsen errichtet worden war, der ins Meer abfiel. Über die Marotten seines Erbauers, des Obersts Robert Smith, ehemaliger Ingenieur der englischen Armee, der aus Indien seinen Sinn für die Mogul-Architektur mitgebracht hat, weiß die Akte alles, über Agnès' Leiche nach wie vor nichts.

Ein weiteres Gerücht führt den Richter zu einem früheren Lehrlingsausbildungszentrum für Behinderte im Hinterland von Nizza, namens *Les Korrigans*, dessen Besitzer Maurice Agnelet gekannt hat. Bei der Durchsuchung eines Teils des Grundstücks stoßen die Kriminaltechniker auf Spuren von Löschkalk und entnehmen Proben, die auf menschliche Knochenfragmente hinweisen, was die genetischen Gutachten wenige Wochen später widerlegen. Da der Leichnam unauffindbar ist, wird nach Agnès' Auto gesucht. Alle Seen im Nationalpark Mercantour, die per Geländewagen erreichbar sind, werden von einem Hubschrauber überflogen in der Hoffnung, der Range Rover ließe sich finden. In einem der Seen ist ein weißer Fleck zu erkennen, die Gendarmerie eilt herbei, falscher Alarm, es ist nur ein Felsen.

Am 17. Juni 2003 schickt Kommissarin Agnès Richard einen Brief an Richter Rolland, in dem sie das Ergebnis ihrer Ermittlungen präsentiert: *»Bis zum heutigen Tag haben die eingeholten Zeugenaussagen und angestellten Nachforschungen nicht zu Agnès Le Roux' Leiche geführt, ebenso wenig wie zu ihrem Fahrzeug, das zur selben Zeit verschwunden ist wie sie.«*

Als er die Akte zuschlägt, ist Guillaume davon überzeugt, dass sein Vater recht hat. *»Solange sie die Leiche nicht fin-*

den …«, kann kein Mensch mit Sicherheit behaupten, dass Agnès Le Roux ermordet wurde und Maurice Agnelet ihr Mörder ist. Mehr als alle anderen hat Guillaume das Bedürfnis und die Pflicht, weiterhin zu zweifeln.

Als sie, Guillaume und Maurice, an dieser Stelle angekommen sind, sagt der Vater zu seinem Sohn:

»Wer weiß, am Ende ist sie gar nicht tot.«

Maurice hatte diese Idee schon einmal vorgebracht, während einer ihrer Vorbereitungssessions auf den Prozess. Damals ließ sich Guillaume auf das Spiel ein.

»Genau, am Ende ist sie gar nicht tot.«

Zusammen hatten sie daraufhin überlegt, was passiert sein könnte. Eine Auslandsreise vielleicht, Fernweh, Lust auf ein anderes Leben. Sie klopften die Idee auf alle Eventualitäten ab, um zu sehen, ob sie standhielt, wie sie auf die Geschworenen wirken könnte. Aber heute ist Guillaume müde, er ist *»nicht in der Stimmung, nicht empfänglich für autosuggestive Methoden«*. Das sagt er auch zu Maurice.

»Okay, sie ist nicht tot. Aber wir zwei wissen Bescheid.«

»Ich verstehe nicht, was du meinst.«

»Hör zu, wir sind beide im Verteidigungsmodus, wir werden unsere Zeit nicht darauf verschwenden, uns einzureden, dass sie nicht tot ist. Wir zwei wissen Bescheid.«

»Ich verstehe wirklich nicht, was du meinst …«

»Komm schon, du erinnerst dich doch an Genf …«

»Wovon redest du?«

»Von Genf, vom Flughafen, deiner Rückkehr aus Panama, du weißt schon …«

Mehr wollte Guillaume nicht sagen, das sollte auch nicht

nötig sein, sein Vater würde schon verstehen und ihm ein Zeichen geben, dass er verstanden hat. Das würde ihm, dem Sohn, genügen.

Es war in den ersten Januartagen 2000, damals hatten Guillaume und Thomas beschlossen, zusammen nach Genf zu fahren, um ihren Vater abzuholen, der aus Panama zurückkehrte. Guillaume fuhr vorsichtig, die Autobahn war spiegelglatt. Als Maurice in der Tür vom Zoll auftauchte, rannten die beiden Söhne auf ihn zu. Er sah nach der Reise ziemlich übernächtigt aus, seine aschblonden Haare waren an manchen Stellen heller geworden, aber er hatte immer noch die gleiche schlanke Statur. Sie gingen ins Flughafencafé, um einen Kaffee zu trinken. Kaum saßen sie, erzählte Maurice ihnen von dem Fall und der Wiederaufnahme des Prozesses, die Françoise Lausseures Kehrtwende ausgelöst hatte. Angesichts der Sorge in den Gesichtern seiner Söhne wiederholte er folgenden Satz:

»Solange sie die Leiche nicht finden, habe ich nichts zu befürchten.«

Guillaume war jetzt fünfzehn Jahre älter als damals, als er die Worte zum ersten Mal hörte. Er war mittlerweile ein Mann und wollte seinem Vater zeigen, dass er zuverlässig war, dass er gereift war, dass man ihm alles sagen konnte. Darum stellte er Fragen, der Sohn, der jetzt der Älteste war. Das Gespräch drehte sich darum, wie lange es dauerte, bis eine Leiche in der Natur verweste, und wie groß die Gefahr war, dass sie nach so vielen Jahren gefunden und identifiziert würde. Je mehr Maurice sagte, umso stärker hatte Guillaume das Gefühl, sein Vater binde ihn an sich und ziehe ihn in die Sache hinein, so dass es kein Zurück mehr gäbe, nicht einmal mehr pro forma. Aber er spielte mit, so sehr wollte er dem zurückgekehrten Vater gefallen.

Während des Gesprächs stand Thomas plötzlich auf und ging zur Toilette. Guillaume beugte sich zu seinem Vater vor.

»Vorsicht. Ich weiß nicht, ob Thomas so viel weiß wie ich. Ich hoffe, du bist dir darüber im Klaren, dass du ihm gegenüber gerade den Mord an Agnès gestehst.«

Maurice Agnelet lächelte seinen Sohn an.

»Thomas ist intelligent. Er hat längst verstanden.«

Guillaume spürt, wie sich sein Magen zusammenzieht. Wie kann Maurice ihr Gespräch in Genf vergessen haben? Das ist nicht möglich, kein Mensch vergisst solche Sätze. Schon gar nicht er, Maurice. Es sei denn, er will sich nicht erinnern. Auch Guillaume würde lieber vergessen, aber er kann es nicht.

Sie gehen ihm nicht aus dem Kopf, die Sätze von Paris, die Sätze von Genf – *»Solange sie die Leiche nicht finden, habe ich nichts zu befürchten. Und ich weiß, wo die Leiche ist«* –, und er nimmt sich vor, dieses Mal nicht nachzugeben. Er wiederholt die Sätze.

»Du spinnst ja!«

Guillaume insistiert:

»Willst du mich veräppeln, Maurice! Ich will dich gern verteidigen, aber du veräppelst mich nicht!«

Maurice Agnelet fällt ihm ins Wort:

»Du spinnst ja. Geh mal zum Arzt.«

Und wenn es stimmt, dass er spinnt? Ach, wäre das alles bloß nicht wahr!

Maurice Agnelet lehnt sich in seinem Sessel zurück. Sein Gesichtsausdruck ist plötzlich eiskalt. Guillaume hat diesen Blick noch nie an ihm gesehen.

»Drohst du mir?«

»Das sagst ausgerechnet du, Maurice!«

Ihm gefriert das Blut in den Adern. Sein Vater fixiert ihn weiterhin.

»Nein, ich drohe dir nicht. Und außerdem, lassen wir es gut sein für heute.«

Guillaume schiebt sich an der alten Emaille-Spüle entlang, vorbei an der Nussbaum-Anrichte und dem amerikanischen Kühlschrank, ohne seinen Vater aus dem Blick zu lassen. Wende ihm bloß nicht den Rücken zu. Ein Gedanke durchfährt ihn. *»Wenn Maurice in mir eine Gefahr sieht, bin ich selbst in Gefahr.«* Er empfindet etwas Schreckliches, ein Gefühl, das er nur widerstrebend beim Namen nennen will, er ist über dreißig, er ist der gute Sohn, er kann sich nicht vor seinem eigenen Vater fürchten.

»Bei der Gegenüberstellung, die ein Prozess vor Gericht stets ist, agieren Verteidigung und Anklage wie zwei Filmcutter, die das vorhandene Filmmaterial sichten. Jeder erstellt seine eigene Montage, heraus kommen zwei verschiedene Versionen. Welche ist die wahre? Diese Unsicherheit, diese oszillierende Seite der Wirklichkeit, die der Prozess widerspiegelt, verleiht ihm seinen einzigartigen, faszinierenden Charakter.«

Jacques Vergès, *Dictionnaire amoureux de la justice*

Was macht die Prozesseröffnung eines faszinierenden Kriminalfalls aus? Die besondere Stimmung, eine Mischung aus Aufregung und Emsigkeit, die dem Gerichtsgebäude in Nizza etwas von einer Oper am Premierenabend verleiht. Auf den Stufen kämpft ein Publikum aus Männern und Frauen, überwiegend Frauen übrigens, vor allem ältere, die Zeitung unterm Arm oder aus der Handtasche ragend, um Einlass. Der Fall beherrscht die Schlagzeigen des *Nice-Matin*, und mit ihm erwacht ein ganzes Stück wechselhafter Geschichte zum Leben. Der Oberstaatsanwalt ist aus seinem Büro gekommen und steht im hinteren Teil des Gerichtssaals, der sich rasch füllt, er hat die Arme verschränkt. Éric de Montgolfier genießt es, diese Luft zu schnuppern, er kann nicht genug davon kriegen, und er ist nicht der Einzige, zahlreich sind die Vertreter der hiesigen Anwaltskammer, die sich auf den Bänken drängen, in Robe oder in Zivil, manche von ihnen kennen Maurice Agnelet womöglich noch aus der Zeit, als er einer der ihren war.

Da ist es also, das heißersehnte Duell zwischen einer 85-jährigen Mutter, Renée Le Roux, und dem Mann, der des Mordes an ihrer vermissten Tochter angeklagt ist. Neunundzwanzig Jahre sind vergangen, nur wenige Meter trennen sie. Vier Verhandlungswochen liegen vor ihnen, in denen sie sich gegenseitig angreifen, mit Schmutz bewerfen und verletzen werden. Zur Stunde sind es noch Masken, die den Saal betreten. Sie, wie die Statue eines Kommandanten, aufrecht, entschlossen, schroff, mit ihrem dichten weißen Schopf, in Schwarz gehüllt. Er, als Unschuldslamm, geschmeidig, schemenhaft, wie verschmolzen mit den verschiedenen Beigetönen seiner Cordhose, des feinen Wollpullovers und der Tweedjacke. Ihre erste Schlacht verläuft geräuschlos. Sie mustert ihn wie eine Staatsanwältin, er schlägt keineswegs die Augen nieder, streift sie mit dem Blick, ohne sie zu sehen.

Auch im Gerichtssaal taxiert man einander, belauert sich, probt seine Rolle. Maurice Agnelet hat zwei Verteidiger, François Saint-Pierre und Jean-Pierre Versini-Campinchi. Letzterer hat das Alter seines Mandanten, trägt seine Fliege wie andere ihren Schnurrbart, protzt mit schicken Klamotten und teuren Accessoires. Er ist ebenso lässig und ungezwungen, wie Saint-Pierre nüchtern ist. Die Rollenverteilung zwischen den beiden Verteidigern ist offensichtlich: Saint-Pierre, der Aufrechte, sein Kollege, der Gerissene.

Ihnen gegenüber sitzt Georges Kiejman. Es ist lange her, dass der frühere Minister zuletzt bei einer Gerichtsverhandlung im Geschworenengericht war. Er soll übrigens ein wenig gezögert haben, als Renée Le Roux ihn gefragt hat, ob er ihr als Anwalt zur Seite stehen würde, aber sein Sinn für interessante Fälle, für die berauschende Atmosphäre und die beflügelnden Peitschenhiebe, die sie seinem Stolz versetzen, haben ihn zu einer Zusage bewogen. Er weiß sich von all jenen beobachtet – Richtern, Anwaltskollegen, Journalisten –, die sich bereits jetzt auf sein herausragendes Talent, seine rhetorische Kunst der Grausamkeit freuen. Er muss sich nicht zwingen, davon Gebrauch zu machen, er kann Maurice Agnelet nicht ausstehen und zeigt es, indem er die Geschworenen als Zeugen nimmt:

»Ich möchte dem Angeklagten nicht zu nahe treten, dennoch ist es wichtig, darauf hinzuweisen, dass der Mann, um den es in dieser dreißig Jahre alten Geschichte geht, ein 38-jähriger Verführungskünstler ist und nicht dieses Geschöpf, das einem Altenheim entlaufen scheint!«

Die Verteidigung protestiert, Kiejman wettert weiter, der Vorsitzende des Geschworenengerichts schreitet ein, sein Gesichtsausdruck ist der eines selbstgefälligen Schiedsrichters. Alle sind an ihrem Platz und ahnen schon, dass dieser Prozess zu den wenigen gehören könnte, auf die man später immer wieder Bezug nehmen wird. Auch die Geschworenen, die sich sorgfältig Notizen machen, während der Vorsitzende den Urteilsspruch verliest, der Maurice Agnelet zurück an das Geschworenengericht verweist.

Im Anschluss an die rituelle Verlesung ruft er den Angeklagten auf:

»Monsieur Agnelet, erkennen Sie die vorgetragenen Fakten in ihrer Gesamtheit oder in Teilen an?«

»Herr Vorsitzender, ich bin unschuldig. Seit dreißig Jahren werde ich eines Verbrechens bezichtigt, das ich nicht begangen habe. Seit dreißig Jahren wiederhole ich, dass ich nicht weiß, was aus Agnès Le Roux geworden ist.«

Ein erster Schluchzer erklingt nach *»dass ich nicht weiß«*, ein zweiter, deutlich vernehmbarer, als Maurice Agnelet den Vornamen und den Namen der Vermissten ausspricht. Beim Verlassen des Gerichtssaals wiederholt er die Worte vor den Kameras. Inklusive Schluchzer.

Guillaume und Thomas beobachten aus der Ferne das kompakte Spalier der Kameras und Fotoapparate, dem sich ihr Vater gegenübersieht. Um während dieser vier Wochen an seiner Seite zu sein, opfert Guillaume sämtliche Urlaubstage. Er hat seinem Bruder nichts von dem Vorfall in der Küche der Villa in Chambéry erzählt und auch kein Wort von Maurice' Äußerungen, die ihn nachts vor Angst erzittern lassen. Doch als Thomas ihn am Tag vor der Prozesseröffnung fragt:

»Was meinst du, wie's ausgeht: Top oder Flop?«, antwortet Guillaume mit dem bockigen Gesichtsausdruck seiner schlechteren Tage:

»Hör zu, ich mach hier meinen Job, aber egal, wie es ausgeht, ob er verurteilt oder freigesprochen wird, will ich, dass er aus meinem Leben verschwindet.«

Das Geschworenengericht ist ein Ort der Apartheid. Es gibt die Seite der Weißen, der Opfer, zumindest derjenigen, die vom Gericht als solche anerkannt werden wollen, und die Seite der Schwarzen, der Angeklagten. In konzentrischen Kreisen weitet sich diese Trennung auf die Familien, Freunde und die zwei Parteien aus, die sich auf den Zuschauerbänken nicht vermischen. Ihre Bankreihe dient ihnen als unpassierbare Grenze. Was drinnen gilt, gilt auch draußen. Dazu braucht man sich nur die seltsame Parade anzuschauen, die sich vor den Getränke- und Süßigkeitenautomaten vollzieht, zu denen alle in den Prozesspausen streben. Dort herrscht eine stillschweigende Hierarchie. Die Familien und Freunde der Opfer zuerst, die der Angeklagten später.

Wie sollte Guillaume Agnelet die Undurchlässigkeit dieser Grenze entgangen sein? Alles erinnert ihn daran, auf welcher Seite er steht. Die Blicke, die ihn streifen, sind neugierig, bestenfalls teilnahmsvoll. Die Stimme des Vorsitzenden ist eine andere, wenn sie sich an Agnès Le Roux' Mutter, Schwestern und den Bruder wendet, als wenn sie befragt werden, die Söhne von Maurice Agnelet. Mit der Zeit wirft das Verbrechen, das dem Angeklagten zur Last gelegt wird, seinen Schatten auch auf sie.

Die Unerbittlichkeit des Geschworenengerichts besorgt den Rest. Der Mann, den die Justiz ins Visier nimmt, ist trotz allem sein Vater. Tag für Tag zeichnet sie ein Porträt aus schwarzer Tinte. Die Freunde von früher – Guillaume erkennt Gesichter, die er als Kind auf der Terrasse in Cantaron gesehen hat – defilieren einer nach dem anderen vorbei, um alles Schlechte von sich zu geben, was sie Maurice Agnelet zutrauen. Als der Vorsitzende des Geschworenengerichts ihn schließlich in den Zeugenstand ruft, um sich zur Persönlichkeit seines Vaters zu äußern, ist Guillaume entschlossener denn je, ihn zu verteidigen.

Es ist Montagabend, er hat den ganzen Tag gewartet. Auch seine Worte, die endlich freien Lauf bekommen, drängen ungeordnet nach draußen, um die vorausgegangenen belastenden Aussagen zurechtzurücken.

»Ich weiß, dass mein Vater unschuldig ist. Er hat ein moralisches Empfinden, er ist kein Monster, wie es mitunter hier ge-

schildert wurde. Ich kann jedem in die Augen schauen, wenn ich das sage.«

Thomas ergreift am nächsten Morgen das Wort. Von Maurice Agnelet hat er die feinen Gesichtszüge geerbt, aber sein Gesicht hat etwas Starres an sich, das eine gewisse Zerbrechlichkeit verrät, wie ein geflickter Porzellangegenstand, den man mit einem Fingerschnipsen in tausend Teile zerbersten lassen könnte.

»Ich wünsche allen Menschen einen Vater wie Maurice. Er ist eine wandelnde Bibliothek, er hat über alles nachgedacht. Seine Intelligenz ist messerscharf, an seiner geistigen Unabhängigkeit mögen sich Konformisten stören. Er soll ein Verführer sein, ein Manipulator? Für mich ist er vor allem ein Mann mit Charisma.«

Indem er für einen Augenblick einen Einblick in die Tragödie gewährt, die sich jenseits des Zeugenstands abspielt, schiebt er hinterher: *»Soweit ich mich zurückerinnern kann, gab es in meinem Leben immer einen Untersuchungsrichter.«*

An den folgenden Tagen nahmen die beiden Brüder wieder ihre Plätze ein, etwas abseits von den anderen auf den Zuschauerbänken, mit dem harten Blick derjenigen, die früh lernen mussten, sich vor der Feindseligkeit der Welt zu schützen. Guillaume fixiert den Anwalt der Familie Le Roux, Georges Kiejman, und den Mann, der die Anklage unterstützt, Generalstaatsanwalt Pierre Cortès. Dieser liebenswürdige, sorgfältige, fleißige Staatsanwalt ist unbestritten einer der besten Kenner des Falls. Er ist von der Schuld des Angeklagten absolut überzeugt. Das Gericht und die Geschworenen für seine Überzeugung zu gewinnen scheint ihm ein persönliches Anliegen zu sein. Aber der Anklage fehlt der Beweis, die Leiche. Wie François Saint-Pierre nicht müde wird zu wiederholen, weiß sie nicht, *»wann, wie oder wo«* Agnès Le Roux umgebracht wurde. Die Anklage stellt Hypothesen auf, sie sucht in der Persönlichkeit von Maurice Agnelet den Beweis für seine Schuld. Pierre Cortès spricht von dem ganzen Fall im Präsens Indikativ. Er schlüpft nach und nach in die Haut des Angeklagten, in die von Agnès Le Roux, in jeden Zeugen. Er ist in der Wohnung, im Restaurant, in jeder Falte ihres Lakens, im Auto, er ist die Stimme, die anruft, die Hand, die schreibt, das Gehirn, das denkt. Einen Stapel Blätter, unzusammenhängende Fakten, die vom Gedächtnis verzerrt, vom Leben verfälscht, bei der strafrechtlichen Untersuchung hingeschludert, von der Polizei- und Gerichtssprache verstümmelt worden waren, glaubt er, wieder zum Leben erwecken zu können, als könnten alle Gerüche, Aromen, Gemütszustände und der Hass intakt den trockenen Protokollen entsteigen. Je mehr Guillaume ihm zuhört, umso mehr gewinnt er den Eindruck, dass man sich für den Zweifel einsetzen kann, ohne dabei seine Ehre zu verlieren. Wenn die Justiz keine absolute Sicherheit kennt, warum sollte er, Guillaume Agnelet, sie kennen? Warum gesteht er sich nicht das Recht zu, seine Erinnerungen zu tilgen?

Das Gesetz, das das Leben besser kennt, als man gemeinhin annimmt, hat solche Fälle bedacht. Es besagt, dass man als Vater, Mutter, Bruder, Schwester, Kind oder Ehepartner des Täters nicht bestraft werden darf, wenn man nicht gegen ihn aussagt. Schweigen sei kein strafbares Vergehen, sondern ein moralischer Konflikt, den jeder auf seine Weise lösen muss. Es gestattet der Familie auch das Recht zu lügen, entbindet sie von der Pflicht, einen Eid abzulegen.

Guillaume Agnelet war die Strategie der Verteidigung bekannt, er wusste, unter welchem Licht und durch welche Fäden sie zusammengehalten wurde und wie eine kurze Kamerabewegung der Anklage den ganzen Plan ruinieren könnte. Er sah in der Verhandlung eine Reihe von Hindernissen, die es zu überwinden galt – die Notizen in den Bänden der Pléiade, die Leerstellen in Maurice Agnelets Terminkalender während des Allerheiligenwochenendes 1977, die kompromittierenden Dokumente, die in der Kanzlei des Anwalts bei der Durchsuchung gefunden worden waren, seine zahlreichen Lügen, das freimütige Verfügen über Agnès' Geld –, und konnte besser als jeder andere ermessen, was die Wahrheit von ihrer entfernten Verwandten, der »juristischen Wahrheit«, trennte.

In Ermangelung der Ersten sagte ihm die Zweite zu. Vollgestopft mit Beruhigungsmitteln und Schlaftabletten, hat er sich in Nizza in der Rolle des »Buchhalters« eingerichtet, der im Geiste zwei Spalten ausfüllt. In die linke Spalte alles zum Thema Top, in die rechte alles zum Thema Flop. Das war die mit Abstand erträglichste Haltung, die er für sich finden konnte, um die Emotionen in Schach zu halten, die von Zeit zu Zeit über ihn hinwegzuschwappen drohten.

Manche Wellen waren stärker als andere. Zum Beispiel die Anhörung des psychiatrischen Sachverständigen, der sich zu seinem Vater äußerte. Ein paar Sätze hatten sich wie giftige Stacheln in sein Gedächtnis gebohrt. *»Für Maurice Agnelet«*, erklärte Psychiater Jean-Claude Chanseau, *»existiert der andere nicht. Er wird komplett von ihm vereinnahmt.*

Wenn sich Maurice Agnelet an andere bindet, sind sie ihm gleichgültig. Ihm gefällt allein das Band, und es darf nicht zerrissen werden. Alle, die sich ihm zu entziehen suchen, werden eliminiert.« Die Sätze rissen in Guillaume die Wunde wieder auf, die er sich in der Küche in Chambéry zugezogen hatte. Er hörte zum ersten Mal aus dem Mund eines anderen Menschen, was er tief in seinem Innern empfand.

Vor allem gab es diesen 13. Dezember, als im Gerichtssaal Agnès Le Roux' Stimme erklang. Auf diesen Moment war Guillaume Agnelet nicht vorbereitet gewesen. Er kannte ihre Worte, sie waren in den Protokollen schriftlich festgehalten worden, aber es war etwas völlig anderes, sie gesprochen zu hören. Die Aufzeichnung datiert vom 10. oder 11. Oktober 1977. Vier Tage zuvor hatte Agnès Le Roux versucht, sich durch die Einnahme von Barbitursäure das Leben zu nehmen. In der Kanzlei von Maurice Agnelet klingelt das Telefon. Er drückt auf den Knopf des Tonbandgeräts, um das Gespräch aufzuzeichnen. Er zeichnet alles auf, der Anwalt Maurice Agnelet, Meister vom Stuhl seiner Freimaurerloge, Präsident der örtlichen Liga für Menschenrechte, und archiviert es.

Seine Stimme ist zuerst zu hören.

»Hallo?«

»Ja.«

»Können wir frei sprechen?«

»Ich denke schon.« (Stille). *»Aber es bringt nichts, Maurice, ich ...«* (Stille) *»Reden bringt überhaupt nichts.«* (Stille)

Ein Räuspern ist zu hören. Agnès wartet, es kommt nichts, sie redet weiter.

»Ich weiß nicht, was du machst, ich weiß nicht, was stimmt von dem, was du mir erzählst, aber« (Stille) *»irgendwie habe ich ein ungutes Gefühl«* (Stille), *»ich sollte dir nicht so, äh, nahe sein.«*

»Warum?«

»Weil, Maurice« (langes Schluchzen). *»Ach, es bringt gar nichts, dass ich mit dir darüber rede. Dass ich dich um etwas bitte. Du sollst so sein dürfen, wie du willst.«*

Mehr als eine Minute lang hört man die Stakkato-Atmung einer aufgelösten Agnès Le Roux. Eine Minute ist in einem Gerichtssaal sehr lang.

»Du musst los, Maurice …«

»Ich weiß.«

»Geh schon.«

»Ja, ich muss weg. Ich ruf dich heute Abend an.«

»Gern, wenn du kannst.«

»Auf Wiederhören.«

»Ja.«

Die nächste Aufzeichnung. Sie stammt vom Tag darauf. Maurice Agnelet hat nicht angerufen, Agnès Le Roux fragt ihn, was los war. Ihre Stimme klingt flehentlich, wie ein Kind, das Angst hat, gescholten zu werden. Die Stimme, die ihr antwortet, klingt unbeschwert, locker.

»Äh, nichts, äh, als ich fertig war mit, als ich fertig war mit Füttern, erst der Hund, dann die Kleinen, hab ich sie ins Bett gebracht, äh, na ja, und da bin ich eingeschlafen.«

»Ach so.«

Maurice Agnelet redet und redet, von seinem Termin in der Geschäftsstelle der Handwerkskammer, vom Mittagessen, *»wie jeden Montag«*, mit einem seiner Söhne, von seinem vollgepackten Nachmittag in der Kanzlei, von der Versammlung der Liga für Menschenrechte am Abend, die er auf keinen Fall verpassen darf. Und es ist zu hören, wie Agnès Le Roux wartet. Auf Worte wartet, die nicht kommen, die Ankündigung eines Besuchs, die nicht erfolgt. Sie klammert, unterwürfig, verliebt, vorsichtig, voller Angst, ihn zu sehr zu belasten. Sie erwähnt die Ferien um Allerheiligen, ihren Plan, zusammen zu verreisen. Zählt die Tage, zählt sie erneut. Er schweigt, sie wird unruhig.

»Glaubst du, es klappt?«

»Mal schauen.«

Er entschuldigt sich, er müsse auflegen. Natürlich, sagt sie, das verstehe sie.

Anschließend wurde noch eine weitere Aufnahme abgespielt. Sie stammt vom 14. März 1978, Agnès Le Roux ist seit vier Monaten verschwunden. Ihr Bruder Jean-Charles macht sich große Sorgen. Als jüngstes Kind und einziger Junge unter den Geschwistern hatte er stets eine besondere Beziehung zu seiner Schwester und versteht nicht, dass sie nichts von sich hören lässt. In den ersten Wochen nach Agnès' Verschwinden hat er Maurice Agnelet mehrmals aufgesucht. Auf seine Fragen antwortete der Liebhaber ausweichend, gab ihm jedoch zu verstehen, dass er Kontakt zu ihr habe, dass sie ihre Familie nicht sehen wolle und nach Nizza zurückkäme, wenn es ihr besser ginge. Nach jedem Treffen ging Jean-Charles wieder beruhigt nach Hause und versuchte seinerseits, seine Mutter zu beruhigen. Später plagen ihn Schuldgefühle, weil er auf diese Weise selbst zur Verzögerung der Ermittlungen beigetragen hat. Bei einem der Treffen ließ sich Maurice sogar darauf ein, Agnès einen Brief zu übergeben, den Jean-Charles mitgebracht hatte. Der Brief blieb unbeantwortet, Jean-Charles griff zum Hörer, um Maurice Agnelet anzurufen. Dem verzweifelten Bruder antwortet die eiskalte Stimme des Liebhabers. Er zieht über Renée Le Roux her, die Mutter, die alle Hebel in Bewegung setzt, um ihre Tochter wiederzufinden.

»Ich weiß, dass deine Mutter, äh, tja, völlig aufgelöst ist, aber ich glaube nicht, dass ihr Verhalten hilfreich ist, verstehst du? Es nützt nichts, tja, ich glaube, es nützt nichts, äh, irgendwelche, äh, Artikel an Zeitungen zu schicken, äh, und zu behaupten, ich würde sie einsperren!«

»Ja, andererseits ist es aber auch normal, dass wir aufgelöst sind, nach so langer Zeit ...«

»Ihr habt Freunde, die ermitteln, oder, und die ich natürlich kenne und die sich langsam fragen, wem das Schweigen eigentlich nützt. Na ja, ich will ja nicht behaupten, dass Renée schuld ist. Der Gedanke ist nicht von mir. Aber oft muss man keine Leuchte sein und auch kein Krimispezialist, um zu erkennen, dass derjenige, der die Untersuchung anstößt, eigentlich derjenige welcher ist! Verstehst du?«

Jean-Charles Le Roux am anderen Ende der Leitung scheint nicht ganz mitzukommen. Maurice Agnelet lässt nicht locker. Er erwähnt das Palais de La Méditerranée, das Renée Le Roux nicht gut geführt habe. Jean-Charles Le Roux fällt ihm ins Wort. Ihn interessiert heute nicht die Geschäftsführung des Casinos, sondern das Verschwinden seiner Schwester. Ihr Liebhaber wird ironisch.

»Dein braves Schwesterlein hat keine Probleme, sich die Abende zu vertreiben! Davon kann ich ein Lied singen!« Er redet über *»ältere Männer aus Monaco«*, die sich angeblich

sehr bereitwillig um eine *»hübsche junge Frau kümmern. Fast könnte man sagen, um eine Formulierung zu wählen, die nicht sehr schmeichelhaft ist, aber die Sache gut trifft, dass es ihr nicht schwerfällt, sich, äh, aushalten zu lassen!«*

»Willst du mir nicht sagen, wen du konkret meinst?«, fragt Jean-Charles.

Am Telefon ist Maurice Agnelets schallendes Gelächter zu hören.

»Nein!«

Als Guillaume am Abend mit Thomas und Maurice in das Haus in Cantaron zurückkehrte – Anne war vorsorglich vor ein paar Wochen nach Marokko gefahren, um einer Vorladung vor Gericht zu entgehen –, fiel es ihm schwer, die Anwesenheit seines Vaters zu ertragen. Er setzte sich auf die Terrasse, wohin Thomas ihm nach einer Weile folgte. Guillaume explodierte:

»Ich kann nicht mehr. Wenn das so weitergeht, verrate ich alles!«

Thomas legte den Zeigefinger auf die Lippen und deutete mit den Augen auf seine Freundin, die sich in Hörweite aufhielt. Den Mund halten, Guillaume sollte den Mund halten. Ein Familiengeheimnis darf man nicht verraten.

Wenige Tage später sprach das Gericht in Nizza Maurice Agnelet frei.

Guillaume packte seine Koffer und kehrte nach Chambéry zurück. Kurze Zeit später kam sein Vater nach. Die Erleichterung über den Freispruch wurde bereits von der Entscheidung der Generalstaatsanwaltschaft getrübt, das Urteil anzufechten. Alles würde wieder von vorn losgehen. Das Datum für den künftigen Prozess stand schon fest, er würde im Herbst 2007 in Aix-en-Provence stattfinden. Zehn lange Monate der Warterei mit dem Damoklesschwert über dem Kopf. Um sich auf eine neue Schlacht vorzubereiten, wieder in den *»Verteidigungsmodus«* zu schalten, wie Guillaume es ausdrückte.

An diesen ersten Januartagen geht es ihm schlecht. Die ganze Anspannung, die sich in den vier Wochen der Hauptverhandlung angestaut hat, die gegensätzlichen Gefühle, denen er ausgesetzt war, die Bilder, die sich nicht verscheuchen lassen, drohen ihn jeden Moment zu zerbrechen. Wenn er nach seinem Arbeitstag durch das Tor tritt, weiß er, dass sein Vater ihn von seinem Fenster im Erdgeschoss aus sehen kann. Er vermeidet den Kontakt, das Zusammenleben belastet ihn. Maurice' Anwesenheit, seine Schritte, sein Fernsehgerät, alles kommt ihm unerträglich vor.

Am Morgen nach einer schlaflosen Nacht klopft Guillaume an seine Tür.

»Ich muss mit dir reden.«

Maurice Agnelet geht in die Küche, Guillaume folgt ihm. Sie sitzen zwei Meter voneinander entfernt, jeder auf seinem Stuhl.

»Ich bekomme langsam Selbstmordgedanken. Ich brauche Ruhe. Gib mir etwas Zeit und verschwinde zwei Wochen von hier.«

Gleichgültiges Schweigen ist die Antwort. Er insistiert.

»Verstehst du, Maurice?«

»Ich geh hier auf keinen Fall weg. Hier hab ich Internetzugang.«

»Maurice!«

»Alles andere ist mir egal. Hier hab ich Internet.«

Guillaume stürzt sich auf seinen Vater, boxt ihm ins Gesicht und kehrt zu seinem Stuhl zurück, auf den er schwerfällig sinkt. Er atmet so laut, so schnell, dass sich sein Bauch bei jedem Atemzug hebt. Maurice ist aus dem Zimmer gegangen, Guillaume hört ihn in seinem Büro, wie er einen Schrank aufmacht und wieder zu. Nach ein paar Minuten taucht er erneut in der Tür auf.

Mit arroganter Stimme, hart wie Stahl, fragt Maurice seinen Sohn:

»Na? Hast du dich wieder beruhigt?«

Guillaume steht auf und schlägt noch einmal zu. Mit voller Kraft, am liebsten würde er diesen Vater mit seinem Sarkasmus, seinen Lügen, seiner Niedertracht und seinen vergifteten Geständnissen zusammenschlagen. Er hört Françoises Stimme während der Verhandlung in Nizza: *»Alle Frauen, die sich auf Maurice Agnelet eingelassen haben, die drei wichtigsten jedenfalls, Agnès, Anne und ich, haben einen Selbstmordversuch unternommen.«*

Am nächsten Tag steht seine Entscheidung fest. Wenn er überleben will, muss er gehen. Am Tag des Umzugs, Ende Januar 2007, klopft Maurice Agnelet bei Guillaume an die Tür. Er lächelt über das ganze Gesicht, seine Stimme ist unglaublich sanft, er breitet die Arme aus, als wollte er seinen Sohn umarmen.

»Soll ich dir helfen, die Kartons zu tragen?«

Es ist mild am Nachmittag des 11. Oktober 2007 in Aix. Die Straßencafés am Cours Mirabeau leeren sich nicht. Renée Le Roux, ihre beiden Töchter Catherine und Patricia, ihr Sohn Jean-Charles und zwei ihrer Enkelkinder sitzen zusammen mit dem Anwalt Hervé Temime in einem der Cafés. Georges Kiejman hat für den Berufungsprozess das Handtuch geworfen, aus Erschöpfung, aus Stolz, aber auch aus Rücksicht – *»Ich kann Maurice Agnelet auf den Tod nicht ausstehen, das könnte der Verteidigung Ihrer Interessen schaden«*, hatte er der Familie Le Roux gesagt –, bevor er den Namen Hervé Temime ins Spiel gebracht hat, *»nach mir der beste Anwalt«*. Vor ihren Limonadengläsern gingen Renée Le Roux und ihre Familie noch einmal verschiedene Momente der Verhandlung durch, die so anders war, ruhiger als die erste. Maurice Agnelets Anwälte haben während der Beweisaufnahme in ihrer Wachsamkeit nachgelassen. Sie sind zuversichtlich. Das ist auch Guillaume. Wie in Nizza hat er zugunsten seines Vaters ausgesagt und wiederholt, dass er von seiner Unschuld überzeugt ist. Aber dieses Mal hat er nicht dem ganzen Prozess beigewohnt. Er ist erst wieder zu den Plädoyers erschienen. Als François Saint-Pierre mit seinem Plädoyer fertig war, hat Guillaume ihn umarmt. Zur selben Zeit gedulden sich in einem anderen Straßencafé der Stadt Guillaume und Thomas, zu zweit. Gemäß den Prozessvorschriften wurde Maurice Agnelet, der als freier Mann vor Gericht erschienen war, in ein Zimmer im Gerichtsgebäude gebracht, das er erst zur Urteilsverkündung wieder verlassen darf.

Zwei Stunden sind vergangen, seit der Vorsitzende Jean-Pierre Deschamps Artikel 353 der Strafprozessordnung verlesen und sich das Gericht zur Urteilsfindung zurückgezogen hat. Es ist der schönste Text der Strafgerichtsbarkeit. Manche Vorsitzende tragen ihn vor, ohne in ihr Gesetzbuch zu schauen. Man erkennt die größten unter ihnen daran, wie sie jeden Satz langsam und wohlartikuliert aufsagen, als wollten sie ihn in das Gewissen der Geschworenen einhämmern. Man ertappt sich dabei, wie man diejenigen hasst, die ihn nur vor sich hin murmeln oder die Worte verschlucken.

»Das Gesetz verlangt von den Richtern keine Begründung, wie sie zu ihren Überzeugungen gelangt sind, es schreibt keine Regeln vor, von denen sie die erforderliche Konsistenz eines Beweises abhängig machen sollten; es schreibt ihnen vor, sich zu sammeln und sich im Stillen unter Anrufung ihres Gewissens zu fragen, welchen aufrichtigen Eindruck die gegen den Angeklagten vorgebrachten Beweise und die Mittel der Verteidigung auf ihren Verstand gemacht haben. Das Gesetz stellt ihnen nur eine Frage, die das Ausmaß ihrer Aufgabe umfassend abbildet: ›Sind Sie zu einer festen inneren Überzeugung gelangt?‹«

Danach beginnt die Warterei. Diese Stunden sind mit nichts zu vergleichen. Man traut sich kaum, sich vom Gerichtsgebäude zu entfernen, lauert auf die leiseste Bewegung der Polizisten, jedes Zeichen wird gedeutet, man überrascht sich dabei, wie man dem Aberglauben verfällt, um diese bleierne Zeit zu füllen. In den Geschichten, die sich Anwälte beim Abendessen nach einem Prozess erzählen, geht es sehr oft um diese Wartezeit.

Genau wie sie gehen wir im Geiste das Gesicht eines jeden der zwölf Geschworenen durch. Die junge Brünette, die so ernst wirkte, als sie hinter dem Vorsitzenden den Saal verließ. Der Mann, der sich während des Plädoyers des Staatsanwalts Notizen machte, der andere, der aufmerksam dem Plädoyer von François Saint-Pierre gelauscht hat, und jener, der seinen strengen Gesichtsausdruck zu keinem Zeitpunkt abgelegt hat. Sie halten Maurice Agnelets Schicksal nun in ihren Händen. Man zählt ein ums andere Mal. Bei einer Berufung braucht man eine Mehrheit von mindestens zehn von fünfzehn Stimmen, um eine Strafe verhängen zu können. Wenn sechs von ihnen auf die Schuldfrage mit »Nein« antworten, ist Maurice Agnelet ein freier Mann. Wir stellen uns vor, wie sie am Tisch sitzen. Haben sie sich einen Kaffee gegönnt, bevor sie Platz genommen haben? Oder war ihnen eher danach, sofort loszulegen? In Nizza haben die Richter und Geschworenen sechs Stunden gebraucht, um zu einem Freispruch zu gelangen. Wie lange wird diese Beratung dauern? Der Vorsitzende Deschamps zählt zu den erfahrensten Richtern am Geschworenengericht. Dieser Fall, einer der letzten seiner Karriere als Richter, hat ihn begeistert, er hat ein unverhohlenes Vergnügen daran gefunden, die Verhandlung zu leiten. Einmal, als er Maurice Agnelet befragte, konnte er sein fast an Bewunderung grenzendes Staunen über das bewegte Liebesleben des Angeklagten nicht verhehlen.

»Trotzdem, die drei Frauen, die alle zur gleichen Zeit in Sie verliebt sind und Sie hin und wieder erpressen, das muss doch belastend gewesen sein, oder?«

»Nein, das war nur in organisatorischer Hinsicht etwas kompliziert. Die Koordination war das eigentlich Belastende ...«

Zur Stunde wird sich der Vorsitzende Deschamps seiner roten Robe mit Hermelinbordüre entledigt haben, um sich zu den Geschworenen zu gesellen, so wie auch die beiden beisitzenden Richter ihre Robe abgelegt haben werden, die allerdings schwarz ist. Wie gern hätten wir Mäuschen gespielt, ihnen zugehört, dem Großmaul und dem Schüchternen, dem Zweifler und dem, der sich in Schweigen hüllt, dem, der sich nicht traut, und dem, der Angst vor der eigenen Courage hat.

Temimes Handy klingelt. Auch das von Saint-Pierre. Es ist die Gerichtsdienerin, die die Fortsetzung der Verhandlung ankündigt. So rasch? Nach nur zweistündiger Beratung? Angst befällt Hervé Temime. Hoffnung erfasst François Saint-Pierre. Beide haben sich einen Weg in den schon gut gefüllten Gerichtssaal gebahnt. Agnès Le Roux' Mutter, Schwestern und Bruder drängen sich in der ersten Reihe. Instinktiv nehmen sie sich bei der Hand, als der Gong das Eintreten der Richter ankündigt.

Guillaume kommt zu spät, er bleibt in der Tür stehen, hat nicht gehört, wie der Vorsitzende Deschamps verkündet hat, dass das Geschworenengericht Maurice Agnelet für schuldig befindet und eine Freiheitsstrafe von zwanzig Jahren verhängt. Ihm bleibt kaum die Zeit, seinen Vater zu umarmen, bevor dieser mit zwei Gendarmen verschwindet.

In seinem Notizbuch, das er während der Verhandlung geführt hat, hat einer der Geschworenen die Auszählung der Stimmen zur ersten Frage festgehalten, die ihnen vorgelegt worden war und die über alle anderen entschieden hatte: *»Ist Maurice Agnelet schuldig, Agnès Le Roux zwischen dem*

26. Oktober und dem 2. November 1977 willentlich getötet zu haben, mit der zusätzlichen Maßgabe, dass der Angeklagte das Tötungsdelikt im Voraus geplant hat, was gleichbedeutend mit Mord wäre?«

Für jede positive Antwort hat er einen Strich gezeichnet. Alles in allem sind es fünfzehn. Das Urteil ist einstimmig ergangen.

François Saint-Pierre schäumt vor Wut. Die Strafe, die das Geschworenengericht in Aix-en-Provence verhängt hat, ist eine Niederlage für ihn, den Anwalt der Verteidigung. Vor allem aber, davon ist er überzeugt, ist sie eine Niederlage für die Justiz. Seiner Meinung nach hat wieder einmal die verfluchte persönliche Überzeugung über die Vernunft triumphiert, die den Freispruch für Maurice Agnelet gefordert hätte. Er würde seine Revanche bekommen, egal wie viel Zeit es kosten würde, aufgeben würde er nicht.

Der Anwalt hat beim Europäischen Gerichtshof für Menschenrechte Beschwerde eingelegt. Maurice Agnelet, behauptet er, habe kein gerechtes Gerichtsverfahren erhalten, da keine Urteilsbegründung erfolgt sei und er infolgedessen nicht wisse, auf welche Beweismittel das Gericht seinen Schuldspruch gegründet habe. Das höfliche Interesse oder die müde Gleichgültigkeit, der er bei jenen, die den Fall verfolgt haben, begegnet, als er die Fortsetzung seines Kampfes bekanntgibt, stören ihn nicht, ganz im Gegenteil. Sie befeuern seinen Stolz und verstärken in ihm das Gefühl, entgegen der Meinung aller anderen recht zu haben. Er glaubt an das Recht, und er glaubt vor allem an sich selbst, an François Saint-Pierre.

Während er darauf wartet, dass sich das Gericht mit seinem Antrag befasst, müht er sich mit seinem exzentrischen Mandanten ab. Seit dieser in seiner Zelle mit einem Computer ausgestattet wurde – er hat das Gefängnis von Luynes im Département Bouches-du-Rhône verlassen, um nun in einer Zelle in Mauzac, Département Haute-Garonne, zu sitzen –, überschüttet er seinen Anwalt und seine Söhne mit E-Mails. Er fordert sie auf, schleunigst die entsprechenden Schritte einzuleiten, um eine an Auflagen gebundene Freilassung zu erwirken, die ihm aufgrund seines Alters – er ist über siebzig – zustehen könnte. Bei jedem Besuch ist Thomas, der sanfte Thomas, peinlich berührt von den konfusen, hitzigen Monologen seines Vaters. Er weiß nicht, ob dieser nur vorgibt, in den Wahnsinn zu driften, oder ob er tatsächlich wahnsinnig wird. Wenn er Guillaume von seinen Besuchen erzählt, richtet er ihm auch aus, wie sehr Maurice es ihm übelnimmt, dass er sich nicht an sein Versprechen hält, ihn zu besuchen.

Es stimmt, das hatte Guillaume ihm versprochen. Anfangs war er wirklich davon ausgegangen, dass er ihn besuchen würde, doch dann ließ er es bleiben. Ihm fehlt das Bedürfnis und die Kraft. Auch schreibt er ihm nicht mehr. Was sollte er ihm sagen? Dass er in seinem Leben eine schwere Zeit durchmacht, dass er sich sucht und nicht findet? Wozu?

Das erste Alarmsignal kam von seiner Mutter. An seinem Geburtstag schickte sie ihm eine kurze Nachricht: »Tagung des Familienrats in Cantaron«. Er fuhr nach Nizza zu Thomas, der nicht wusste, wie er ihm die neuen Entscheidungen ihres Vaters beibringen sollte. Es ging um den Nachlass, den er in Panama in einer fiktiven Gesellschaft versteckt hatte. Bei seiner Rückkehr nach Frankreich hatte Maurice aus Angst vor der Überwachung, der er ausgesetzt war, Guillaume beauftragt, sich darum zu kümmern. Sein ältester Sohn, der gute Soldat, hatte eingewilligt, er war seinerzeit sogar stolz auf diesen Vertrauensbeweis gewesen. Er hatte sich die Geheimzahlen und die Decknamen eingeprägt, um das nötige Geld an seinen Vater zu überweisen. Doch nachdem sein Ältester auf Distanz zu ihm gegangen war, wurde Maurice misstrauisch. Guillaume dürfe nicht mehr über sein Konto verfügen, fordert er.

Thomas schlägt seinem Bruder einen Kompromiss vor: *»Du steigst nicht aus der Gesellschaft aus, aber um an das Geld zu kommen, sind künftig unsere beiden Unterschriften erforderlich.«* Anne findet seinen Vorschlag gut, sie findet sowieso alles gut, was Thomas von sich gibt, überlegt Guillaume. *»Ihr wollt mir Handschellen anlegen, stimmt's?«*, entgegnet er. Keine Reaktion. Guillaume unterschreibt. Kurz darauf übersiedelt Thomas nach Neukaledonien. Dort, 20 000 Kilometer vom Mutterland entfernt, kennt niemand die Namen Agnès Le Roux und Agnelet, hofft er.

Guillaume zieht wieder in das Haus in Chambéry. Er bleibt in Verbindung mit François Saint-Pierre. Er empfindet Respekt für ihn, fast so etwas wie Zuneigung. Sie haben so vieles gemeinsam durchgestanden, dass Guillaume sich sicher fühlt. Er überlegt, dass er ihm eines Tages vielleicht sogar einmal erzählen könnte, was sich zwischen Maurice und ihm abgespielt hat. Er wird ihm erklären, warum er auf die E-Mails seines Vaters nicht antwortet, der von Guillaume einen getürkten Mietvertrag für die Wohnung verlangt, die er bewohnt, damit er offizielle Einkünfte und eine Adresse vorweisen kann, die ihm die Tür für eine bedingte Freilassung öffnen würden. Wüsste er Bescheid, würde der Anwalt ihn sicherlich verstehen.

Im August 2010 fährt Guillaume Agnelet nach Lyon. François Saint-Pierre hat ihn in Maurice' Auftrag wegen dieser Mietvertragsgeschichte einbestellt, Guillaume hatte geantwortet, er würde lieber persönlich mit ihm sprechen, woraufhin sie einen Termin vereinbart hatten. Unterwegs überlegt er pausenlos, wie er es anstellen soll, ihm zu sagen, dass er seinen Vater in Chambéry nicht wiedersehen will, dass er die Vorstellung nicht erträgt, dieselbe Luft zu atmen wie er, und noch weniger, dass Maurice Kontakt zu seiner Tochter hat. Er stellt sich die Fragen vor, die François Saint-Pierre ihm stellen könnte, denkt laut über mögliche Antworten nach. Doch sobald er die Kanzlei betritt, spürt Guillaume, wie sich ihm die Kehle zuschnürt. Er geht auf den Anwalt zu, ergreift die Hand, die dieser ihm entgegenstreckt, aus seinem Mund kommt kein Ton. François Saint-Pierre spürt seine Unruhe. Um ihn zu beruhigen, erzählt er ihm von einem Buch, das demnächst erscheinen soll, in dem ein ehemaliger Ganove aus Nizza versichert, ihm habe jemand, der mittlerweile tot ist, gestanden, dass Agnès Le Roux von der Mafia aus dem Weg geräumt worden sei. Er erzählt Guillaume, dass diese neue Aussage ihm ermöglichen wird, Revision gegen das Urteil einzulegen. Er sitzt schon an dem Antrag, die Aussicht auf die neue juristische Schlacht hebt seine Stimmung. Dann erwähnt François Saint-Pierre den berühmten Mietvertrag, den Maurice benötigt.

»Hat er sich verändert?«, fragt Guillaume.

Gern hätte er die Frage anders formuliert, gefragt, ob Maurice seine Schuld mittlerweile anerkennt. Darüber hat Guillaume viel nachgedacht, er überlegt, dass dann alles anders wäre, dass er sich vorstellen könnte, ihn wiederzusehen, vielleicht würden sie sich sogar wieder besser verstehen. Doch ihm sind nur diese vagen Worte eingefallen, er weiß nicht, wie der Anwalt sie versteht.

»Das Gefängnis verändert jeden, aber Maurice wird immer Maurice bleiben«, antwortet ihm Saint-Pierre.

»Ich will nicht mehr mit ihm unter einem Dach leben.«

Mehr sagt er nicht. Saint-Pierre versucht, das Gespräch wieder auf das Buch zu bringen. Guillaume flüstert leise:

»Das wird nichts bringen.«

»Was wollen Sie damit sagen?«

Guillaume sieht ihm in die Augen.

»Ich sage nur, dass es nichts bringen wird. Eine falsche Fährte.«

An dieser Stelle endet das Gespräch. Als er wieder ins Auto steigt, macht Guillaume sich Vorwürfe. Er hätte sich dem Anwalt anvertrauen sollen, auspacken, er hat sich nicht getraut.

Maurice überschüttet ihn weiterhin mit E-Mails. Er braucht diesen Mietvertrag, die Nachrichten klingen wütend, bedrohlich. Er macht seinen Sohn für jeden Tag verantwortlich, den er weiterhin im Gefängnis sitzt. Guillaume ruft François Saint-Pierre an, und noch bevor dieser ein Wort sagen kann, brüllt er in den Hörer:

»Sie haben nicht verstanden, was ich Ihnen neulich in Ihrem Büro sagen wollte? Dann will ich mich jetzt klarer ausdrücken. Die Wahrheit ist, dass er die Kleine abgemurkst hat! Er hat sie abgemurkst! Ist das klar genug? Verstehen Sie jetzt, warum ich nicht mit ihm zusammenwohnen will?«

Die Stimme am anderen Ende der Leitung klingt ganz ruhig, als sie ihm antwortet:

»Guillaume, wir kennen uns gut. Aber Sie müssen eins verstehen, ich bin der Anwalt von Maurice.«

Sie sagen es ihm nicht direkt, aber sie denken es so laut – Anne, Thomas und die wenigen Freunde von Maurice –, dass Guillaume es hört. Böser Sohn. Er ist für alle jetzt der böse Sohn.

Dass sein Vater das sagt, geschenkt. Guillaume möchte am liebsten nichts mehr mit ihm zu tun haben. Mit vierzig Jahren ist es an der Zeit, sich von ihm zu lösen, das Band zu zerreißen, das ihn zu lange festgehalten hat. Aber nicht die anderen. Nicht Thomas, der ihm *»Verrat«* vorwirft und nur Maurice' Worte wiederholt. Und schon gar nicht seine Mutter. Sie weiß Bescheid. Sie kann ihn mit dem Geheimnis nicht alleinlassen. Mehr verlangt er ja nicht, nur dass sie ihn mit dieser Bürde nicht alleinlässt.

Das will er Anne in Cantaron sagen. Darum ist er nach Nizza gekommen. Guillaume verspürt das existenzielle Bedürfnis, sich zu vergewissern, dass seine Mutter nichts vergessen hat. Dass sie unter der destruktiven Kraft von Maurice genug gelitten und so sehr dafür gekämpft hat, ihr zu entkommen, dass sie ihn verstehen kann und ihm helfen wird. Das würde Guillaume genügen. Ein Wort, eine Geste, vielleicht auch nur ein Blick, der ihn beruhigen könnte. Wie die ehemaligen Frontkämpfer im Ersten Weltkrieg, die, von inneren Qualen heimgesucht, das Bedürfnis hatten, sich mit ihresgleichen auszutauschen, weil alle, die weiter hinten gekämpft hatten, ihre Erfahrungen nicht teilten, das Grauen, das sie gesehen hatten, den Schrecken, der davon geblieben war, und die sich in ihrer Not nach der Nähe der anderen sehnten, um sich zu vergewissern, dass alles genau so gewesen war. Guillaume hat alles zu dem Thema gelesen. Anfangs dachte er, es sei seinem Interesse an Geschichte im Allgemeinen und an der Zeit von 1914 bis 1918 im Besonderen geschuldet. Heute weiß er, dass er in den Berichten der ehemaligen Frontkämpfer ein Echo seiner eigenen Schlachten sucht.

Es dauert eine Woche. Sieben Tage und fast genauso viele Nächte, in denen er ihr zusetzt. Guillaume hat Angst, verrückt zu werden. Er schläft nicht mehr, isst nicht, sagt sich immer wieder vor, dass er Nizza nicht verlassen wird, bevor er nicht aus Annes Mund die gewünschten Worte gehört hat.

»Hör zu, wenn er sich gegen mich wendet, will ich, dass du da bist. Und darum will ich, dass du mir zeigst, dass du die Wahrheit nicht vergessen hast und dass diese Wahrheit schwerer wiegt als alles andere. Wenn du nicht vergessen hast, wo die Wahrheit liegt, bin ich beruhigt, dann weiß ich, dass du mich verteidigen wirst.«

Anne hüllt sich in Schweigen. Je mehr Guillaume insistiert, umso mehr verschließt sie sich. Sie will, dass er geht, dass er sie in Ruhe lässt, sie hat genug gelitten. Er kostet sie viel Kraft. Sie fürchtet sich vor seiner Wut, er sieht sie böse an, wenn sie weint. Er erinnert sie an Maurice. Sie denkt an all die Jahre, in denen Guillaume sich für ihn entschieden hatte, gegen sie, und in denen er so stolz auf seinen kumpelhaften Vater war, mit dem er, da ist sie sich sicher, bestimmt sogar über Frauengeschichten gesprochen hat. Jérôme ist tot, Thomas weit weg, und Guillaume – der einzige Sohn, den sie nicht sehen möchte – steht breitbeinig vor ihr, die

Hände zu Fäusten geballt, und verlangt etwas, was sie nicht zu geben bereit ist.

Sie sitzen im Salon. Anne hat Kaffee gekocht. Guillaume fängt wieder damit an.

»Maurice hat uns allen dreien Geständnisse gemacht. Wir können doch nicht so tun, als gäbe es sie nicht! Sagen wir es, wie es ist: ›Maurice ist ein Mörder.‹«

Er betont jede einzelne Silbe wie ein Lehrer vor einem bockigen Schüler.

»Ein Mör-der. Mau-rice-ist-ein-Mör-der. Ein Mör-der. Sag es! Jetzt sag schon!«

Anne hält sich mit beiden Händen die Ohren zu. Sie will es nicht hören, will Guillaumes schrille Stimme nicht hören.

»Du hast es selbst zu mir gesagt!«, brüllt er. *»Du hast es selbst gesagt!«*

»Dass ich das zu dir gesagt habe, beweist noch gar nichts!«

Bei diesen Worten verspürt Guillaume dasselbe wie in der Küche in Chambéry, den Drang zuzuschlagen. Mit solchen Worten hatte er nicht im Entferntesten gerechnet. Er schließt die Augen, presst die Zähne zusammen, bis sie fast abbrechen, und wirft seine Kaffeetasse mit aller Kraft an die Wand. Der Lärm der Porzellanscherben, die auf den Fliesenboden fallen, lässt sie beide erzittern. Verstört, zerbrochen, einander fremder denn je, gehen sie auseinander.

»Könnte man nur in gewissen Stunden mit den Blicken hineindringen in das Innere eines Menschen, den seine Gedanken peinigen! Man würde dann hinter der äußeren Ruhe des fahlen Antlitzes homerische Riesenkämpfe … sich abspielen … sehen.«

Victor Hugo, *Die Elenden*

Der Winter hat die Bäume entlaubt, und durch das Fenster der Cafeteria in seinem Büro kann Guillaume das Haus seines Vaters sehen. Hierher kommt er mehrmals am Tag, einen heißen Plastikbecher in der Hand, und schaut hinüber. Geschlossene Fensterläden, geöffnete Fensterläden, Lichter, die an- und ausgehen. Häufig erlegt er sich idiotische Sachen auf, wie jemand, der die Stunde der ersten Zigarette oder des ersten Glases Alkohol hinauszuzögern versucht. Den Kopf nicht zum Fenster drehen, solange der Becher noch nicht voll ist. Wenn der Drang zu groß wird, bis zwanzig zählen, nein, bis zehn, und weggehen. Anschließend der Versuch, überhaupt nicht mehr hinzuschauen. Oder aber auf den Kaffee zu verzichten, um nicht der Versuchung zu erliegen, sich ans Fenster zu stellen. Seit sein Vater aus dem Gefängnis entlassen wurde, ist sein Leben voll von kleinen Trotzhandlungen.

Denn François Saint-Pierre hat gewonnen, der Europäische Gerichtshof für Menschenrechte hat ihm recht gegeben. In einem Urteil, das am 10. Januar 2013 ergangen ist, entscheidet er, dass die These vom Mord an Agnès Le Roux

»mangels formaler Beweise« allein auf *»Vermutungen«* basiere, und aufgrund der fehlenden Urteilsbegründung des Geschworenengerichts, das Maurice Agnelet zu zwanzig Jahren Freiheitsentzug verurteilt hat, hätten ihm *»nicht genügend Informationen vorgelegen, die ihm ermöglicht hätten, den Urteilsspruch zu verstehen«.* Das Urteil von Aix-en-Provence wird annulliert, und in Erwartung seines dritten Prozesses befindet sich Maurice Agnelet, für den die Unschuldsvermutung gilt, auf freiem Fuß.

Die Angst, der Guillaume entkommen zu sein glaubte, ist zurück. Wenn er die gut fünfzig Meter zurücklegt, die seine Haustür vom Parkplatz trennen, auf dem sein Wagen steht, scannt er die Umgebung, um sicherzugehen, dass die Luft »rein« ist. Er meidet den Supermarkt, den er gut kennt, aus Angst, dort seinem Vater über den Weg zu laufen. Er setzt sich nicht mehr in Straßencafés, umgeht die belebten Straßen im Stadtzentrum. An manchen Kreuzungen starrt er ungewollt die anderen Fußgänger an. Einmal, als er an einer roten Ampel stehen bleiben musste, glaubte er Maurice erkannt zu haben und wandte sofort den Blick ab.

Guillaume weiß, dass er für seinen Vater zum Feind geworden ist. Er ruft sich noch einmal die Worte des Psychiaters in Erinnerung: *»Einen Maurice Agnelet verlässt man nicht. Alle, die sich ihm zu entziehen suchen, werden eliminiert.«* Er kennt ihn so gut, hat ihn so oft erlebt, wild entschlossen, alle zu bekämpfen, die sich ihm in den Weg stellen, dass er besser als jeder andere ermessen kann, was das bedeutet. Vor allem, wenn es um Geld geht. Und davon gibt es ziemlich viel auf dem Konto in Panama, das Maurice Agnelet auf die Namen seiner beiden Kinder ausgestellt hat. Guillaume hat Thomas nicht gefragt, er hat einen Vorwand genutzt, um über das Konto zu verfügen, hat die Summe in zwei gleiche Teile geteilt, hat seinen Teil nach Frankreich zurückgeholt und sich mit dem Fiskus geeinigt, bei dem sein Vater ihn zu denunzieren drohte.

Maurice hat alles drangesetzt, um seine neue Adresse in Chambéry ausfindig zu machen. Er hat die frühere Lebensgefährtin seines Sohnes per E-Mail bedrängt. Dann hat er Kontakt zu seiner Enkelin aufgenommen. Was soll Guillaume ihr sagen, dieser Jugendlichen, die lange Zeit mit Maurice im selben Haus gelebt hat und sich freut, ihn wiederzusehen? Wie soll sie verstehen, dass ihr Vater ihr den Umgang mit ihrem Großvater verbietet, dem er selbst so nahe gewesen ist? *»Er ist kein guter Mensch«*, flüstert er ihr zu. Weiter geht er nicht, hat nicht die Kraft, ihrem Blick standzuhalten, der aus großen erstaunten Augen besteht.

Er hat mit François Saint-Pierre über seine Angst gesprochen, als er erfuhr, dass Maurice auf freien Fuß gesetzt wurde.

»Wenn er nach Chambéry kommt, wird er mich verprügeln. Was mache ich, wenn das passiert? Rufe ich dann die Polizei?«

Die Antwort in vermeintlich freundschaftlichem Ton war ebenso hart ausgefallen wie beim ersten Mal:

»Guillaume, wenn Sie geschlagen werden, ist die Polizei Ihr einziger Ansprechpartner. Aber ich bin der Anwalt von Maurice, verlangen Sie von mir nicht mehr.«

Also setzt Guillaume sich hin und schreibt. An Anne, an Thomas. Unzusammenhängende Sätze voller Zorn, er hat überall Schmerzen, das macht ihn böse. *»Es gab einmal eine Zeit,* *da hast du von mir verlangt, dass ich mir anhöre, Maurice sei ein Mörder, und jetzt wagst du es, mir zu antworten, ich hätte keine Beweise! Was bist du bloß für eine Mutter?«* Er schildert seine panische Angst: *»Ja, ich habe Angst, dass Maurice mich aus dem Weg räumt oder meiner Tochter etwas antut. Um das zu verstehen, muss man seinen Blick gesehen haben, in diesem Blick gespürt haben, dass er dich, ja dich, eliminieren will.«* Er redet von Jérôme und seiner Ansichtskarte, dieser schrecklichen Karte, auf der sein todkranker älterer Bruder seine Eltern Mörder nennt, er will ihnen wehtun, sie so sehr verletzen, wie er selbst blutet. Er schlägt zu mit Worten, wie er einst seinem Vater ins Gesicht geboxt hat. *»Nein, ich verhalte mich nicht unwürdig! Ich habe meinen Beitrag zur Verteidigung von Maurice allemal geleistet. Seit zwei Jahren schreie ich, und ihr tut so, als würdet ihr es nicht hören. Wir müssen raus aus der Verweigerung, das Geheimnis hinter uns lassen. Zumindest unter uns!«*

»Deine Mails sind gefährlich, für dich wie für deine Familie. Sei vorsichtig«, antwortet ihm Anne.

Er schreit noch lauter. *»Ich kann nicht länger schweigen, ich werde ihn anzeigen, sagen, dass er schuldig ist und dass ihr die Wahrheit kennt. Du denkst, ich will dich bestrafen? Nein, ich will nur mich selbst schützen. Ich habe keine andere Wahl. Das ist keine Erpressung. Ich nenne es legitime Verteidigung.«* Es sei denn. Es gibt in Guillaumes Nachrichten immer ein »es sei denn«. Es sei denn, sie geben endlich zu, was sie wissen. Dann, schreibt er, aber nur dann, *»könnte das Geheimnis unter uns bleiben«*.

Dieses Mal reagiert Anne. *»Ich leugne weder, was ich gehört habe, noch, was ich dir erzählt habe. Du hast Überzeugungen,*

Gewissheiten, aber keinen Beweis. Ja, dass Agnès verschwunden ist, ist Realität. Dass sie ermordet wurde, hingegen nicht, weil es nie bewiesen wurde und unter juristischen Gesichtspunkten selbst Geständnisse kein Beweis sind. Warum hast du deinen Vater früher verteidigt, und warum jagst du ihn heute? Was ist dein Ziel, wenn du alles öffentlich machen willst? Vergiss nicht, dass auch du im Auge des Zyklons sein wirst und die Justiz nicht dafür da sein wird, dir Verständnis entgegenzubringen oder dich zu entschuldigen, sondern dich zu verurteilen, das Risiko ist jedenfalls groß. Soll deine Tochter einen Großvater im Gefängnis haben und einen Vater, der von der Justiz verfolgt wird? Für mich« – Anne schreibt die nun folgenden Worte in Großbuchstaben – *»ist dieses Risiko jedes Schweigen wert. Der Meinung bin ich immer gewesen und werde es auch weiterhin sein. Die Justiz ist am Ende. Ich will nicht mehr darüber reden müssen, nie mehr.«*

An wen sollte er sich wenden? In diesem Frühjahr 2013 klopft Guillaume an die Tür einer Anwaltskanzlei in Chambéry. Er hat einen Zeitungsartikel mitgebracht, der von der Entscheidung des Europäischen Gerichtshofs für Menschenrechte berichtet und verkündet, dass in wenigen Monaten in Rennes ein dritter Prozess stattfinden wird. *»Dieser Mann ist mein Vater«*, sagt er zu der Anwältin, die ihn empfängt. Er erklärt ihr, dass er Dinge zu sagen hat und im Besitz von Geständnissen ist, die seinen Vater belasten. Er gibt keine Details preis, zögert noch, er will sich nur vergewissern, sich einreden, dass ihm jemand zuhört und ihm die Hand halten könnte. *»Wenn Ihre Entscheidung steht, begleite ich Sie gern«*, antwortet die Anwältin. Als Guillaume seiner Partnerin von seinem Vorhaben erzählt, macht sie sich Sorgen. Er kehrt mit ihr zur Anwältin zurück. Seine Partnerin bremst ihn noch. Wer wird dir glauben?, fragt sie ihn.

Wer wird mir glauben?, fragt sich Guillaume.

Die Nachricht ist an seinem Geburtstag, dem 14. Februar, auf seinem Handy eingegangen. *»Leg dir die Hand auf den Kopf und sieh nach, ob du gewachsen bist.«* Es ist Monate her, seit Guillaume den Kontakt zu seiner Mutter abgebrochen hat. Zuletzt hatte er ihr die Geburt seines Sohnes verkündet. Dieser Satz ist ein gemeinsames Ritual, Guillaume kennt ihn seit seiner Kindheit, er ist verbunden mit glücklichen Momenten am Tisch in Cantaron oder in ihrem Häuschen in Rabat, mit Kuchen voller Kerzen, die auf die Schokolade tropfen, *»blas sie schnell aus, Guillaume!«*, und mit knisterndem Geschenkpapier, das man mit klopfendem Herzen aufreißt, er kann ihn nicht lesen, ohne Tränen in den Augen zu haben. Dann schreibt Anne noch: *»Ich habe eine Vorladung erhalten. Ich würde dich gern sprechen.«* Beide Sätze stehen in derselben Nachricht.

Zu seinen Füßen lacht sein Sohn, er schiebt Autos über das Parkett, dieser Sohn, von dem weder Anne noch Maurice wissen, wie er aussieht, er will, dass sein Vater mit ihm spielt und ebenfalls Autos über den Boden schiebt, aber Guillaume rührt sich nicht, er sitzt da, den Blick starr auf sein Handy gerichtet und auf die zwei aneinandergereihten Sätze auf seinem Display. *»Ich habe die Hand auf meinen Kopf gelegt … Nein, ich bin nicht gewachsen«*, antwortet er.

Am nächsten Tag erreicht ihn eine weitere Nachricht von Anne. *»Ich muss wissen, was du planst. Antworte mir per*

Brief.« Was er plant? Per Brief? Guillaume muss fast lachen, wenn er all die Vorsichtsmaßnahmen sieht, die seine Mutter immer noch ergreift und die ihn an früher erinnern. Die Zeiten von *»Mac oder PC«* mit all den Wörtern, die weder geschrieben noch ausgesprochen werden durften, mit Anrufen, die von Telefonzellen aus getätigt wurden, um nicht abgehört zu werden, die Zeit des »Infanteriesoldaten« gegen den gemeinsamen Feind Richter und Polizei. Wie weit weg und wie sinnlos ihm das alles vorkommt! Was er »plant«, das weiß er selbst noch nicht, er versucht, nicht daran zu denken. Er weiß nur, dass dieser Kampf nicht mehr sein Kampf ist. *»Ich werde deiner Bitte nicht nachkommen«*, schreibt Guillaume.

Er überlegt, ob er noch etwas hinzufügen soll, der Satz findet wie von selbst in seine Finger. *»Ich sage nur, dass die Wahrheit heilende Kräfte hat, die Lüge nicht.«*

Sie wissen also Bescheid.

Maurice Agnelet, sein Sohn Thomas, seine Exfrau Anne, der Anwalt, sie wissen Bescheid und schweigen. Als der Prozess in Rennes eröffnet wird, am 17. März 2014, teilen sie die heimliche, diffuse Angst, dass Guillaume ihr Geheimnis verraten könnte.

Wie alle, die die langen Wochen der Verhandlungen in Nizza und Aix-en-Provence miterlebt haben, hatte ich mich gewundert, ihn dieses Mal nicht an der Seite seines Vaters und seines Bruders zu sehen. Ich hatte François Saint-Pierre nach den Gründen seiner Abwesenheit gefragt. Er hatte mir geantwortet, Guillaume gehe es nicht gut, nach dem Urteilsspruch in Aix-en-Provence sei er *»zusammengebrochen«*. Thomas hatte dem Vorsitzenden Richter dasselbe geantwortet, als dieser ihn vernahm. *»Er hat die Verurteilung in Aix nicht verkraftet und sich von uns zurückgezogen.«* Philippe Dary hatte nicht weiter nachgefragt. Dass Guillaume Agnelet nach so vielen Jahren etwas Abstand brauchte, sein Leben endlich fernab der Justiz und ihrer brutalen Rechtsprechungsänderungen zu organisieren, wirkte plausibel.

Das erste Warnzeichen kam am fünften Tag, an einem Freitag gegen 9:05 Uhr, der Verhandlungsbeginn verzögerte sich. Um die Wartezeit zu überbrücken und das Echo des Falls Agnelet in den sozialen Medien zu verfolgen, ging François Saint-Pierre auf seinem Smartphone die Nachrichten seines Twitter-Accounts durch. An diesem Morgen stößt er auf die lobenden Worte eines Kollegen für seinen langen Kampf an Maurice Agnelets Seite. *»Saint-Pierre, die Leiden-*

schaft des Verteidigens, der Mann, der sich hinstellt und sagt: So nicht«, lautet die Nachricht. Der Anwalt sieht sich das Echo auf diese schmeichelhaften Worte an. Hat man einmal davon gekostet, kann man nicht mehr genug kriegen von diesem Spiegel der Eitelkeiten, den das Geschwätz in diesem lächerlichen virtuellen Salon bedient. Unter den veröffentlichten Reaktionen findet er folgende: *»Gewiss. Obgleich es noch nobler wäre, die Wahrheit zu verteidigen.«* Unterschrieben ist sie mit dem Namen Guillaume Agnelet. Es ist sein erster und einziger Tweet. Er hat nur einen Follower, seinen Bruder Thomas.

Guillaume kriegt also alles mit. François Saint-Pierre kennt sein Bedürfnis nach Anerkennung, seine impulsive Art, auch seine Verzweiflung. Er erkennt sogleich das Risiko eines virtuellen Flächenbrands, den dieser wohlformulierte, leicht drohende Satz in den sozialen Netzwerken auslösen könnte, vor allem, wenn sich die Journalisten, die den Prozess verfolgen und ebenfalls mit Twitter vertraut sind, einschalten. Der Anwalt hat Glück, keiner von uns entdeckt an diesem Tag den Fingerzeig von Maurice Agnelets Sohn. Wenige Stunden später wird er von der Flut der Kommentare fortgespült und ertränkt.

Der Prozess in Rennes geht weiter, zwei Wochen vergehen, Guillaume schweigt. François Saint-Pierres Sorge lässt nach. Der Anwalt hat genug mit den geschickten Fragen des Vorsitzenden, den belastenden Zeugenaussagen, den Anklagepunkten und den täglichen Entgleisungen des Vaters zu kämpfen, um noch an den Sohn zu denken.

Seine Aufmerksamkeit gilt vor allem einer anderen Sache. Zu den letzten Personen, die im Zeugenstand erwartet werden, gehört Anne Litas. Es ist das erste Mal, dass Maurice Agnelets Exfrau vor einem Geschworenengericht aussagt. Saint-Pierre weiß nicht, ob er sie fürchten oder sich Hoffnungen machen soll. Angesichts ihrer bisherigen Aussagen bei Vernehmungen neigt er eher zu Letzterem. Die wahre Gefahr in Gestalt der zweiten geschiedenen Frau von Maurice Agnelet wurde ausgeschaltet. Françoise Lausseure, die auf dem amerikanischen Kontinent lebt, hat das Gericht wissen lassen, dass sie nicht nach Rennes kommt.

Was hatte sie beim Betreten des Gerichtssaals in Nizza für einen seltsamen Eindruck hinterlassen! Die Aussicht, als Hauptbelastungszeugin in einem Gerichtssaal zu sprechen, der aus allen Nähten platzt, seit sie ihrem Exmann sein Alibi für den Zeitraum von Agnès Le Roux' Verschwinden entzogen hat, hätte eine Frau in den Gerichtssaal führen können, die um den Ernst der Lage wusste. Stattdessen hatte man eine Marquise de Merteuil hereinrauschen sehen, eine kokette Sechzigjährige mit frisch gestylten Haaren, knallroten Stiefeletten und farblich darauf abgestimmter Strumpfhose, die einer Fernsehserie entsprungen schien. Sie lehnte lässig im Zeugenstand, als sie den Vorsitzenden fragte:

»Tja, wo soll ich anfangen?«

»Wo Sie wollen, Madame.«

Sie warf ihm einen verschmitzten Blick zu.

»Maurice ist ein Mensch, der mich ständig zum Lachen gebracht hat.«

Mit derselben verstörenden Leichtigkeit hatte sie erklärt, warum sie eingewilligt hatte, ihrem Liebhaber ein Alibi zu geben.

»Wissen Sie, ich bin mir sicher, dass keiner, der so verliebt war wie ich damals, es übers Herz gebracht hätte, dem Menschen, den er liebt, eine Bitte abzuschlagen. Er hat mir immer gesagt, dass er Agnès Le Roux nicht umgebracht hat. Damals habe ich ihm geglaubt. Heute ist es mir egal.«

Dieses *»ist es mir egal«*, das sie den Richtern und Geschworenen, der Familie Le Roux und der Familie ihres Exmannes vor den Latz knallte, hatte alle verdattert und schockiert. Die Protokolle ihrer Aussagen klangen grausam, und die Wunden, die sie hinterlassen hatten, waren noch sehr lebendig, als Françoise Lausseure ein Jahr später in Aix-en-Provence erneut aussagte. Sie entschuldigte sich für ihre Unbekümmertheit, bevor sie von Maurice Agnelet ein gnadenloses Porträt zeichnete, bei dem die Fassungslosigkeit durchschimmerte, die ihre leidenschaftliche Liebe für ihn mittlerweile in ihr hervorrief.

»Er hat mich geblendet. Wenn man einen Menschen nicht versteht, tendiert man oft dazu zu glauben, er sei tiefgründig.«

Sie fügte hinzu:

»Ich selbst bin das beste Beispiel für ein komplett missratenes Leben. Das ist einfach so.«

Lange Zeit, sagte sie, wollte sie gern glauben, Maurice Agnelet hinge mehr an ihr als an ihrem Vermögen, bis ihr *»die Augen geöffnet«* wurden.

»Er kam weinend zu mir. Es gibt nichts Ergreifenderes als einen weinenden Mann, wenn man nicht weiß, dass er auf Knopfdruck weinen kann, jederzeit, wann immer er will.«

Als sie von ihrem Geliebten persönlich von der sich anbahnenden Affäre mit Agnès Le Roux erfuhr, nahm sie sie ihm nicht übel.

»Maurice war immer der Meinung gewesen, Sex regiert die Welt, folglich war Sex für ihn ein Mittel zum Erfolg. Damals sah ich in Agnès keine Rivalin. Die Rivalin für mich war Anne, die Mutter seiner Kinder.«

Als er ihr einmal ein zärtliches *»Schätzchen«* zuflüsterte, regte sich Françoise trotzdem auf.

»Nennst du uns alle so?«

»Nein«, antwortete er ihr, *»Agnès ist für mich mein Goldschätzchen.«*

Später hatte Françoise erfahren, dass er sie in ihrer Abwesenheit mein *»Schatzkästchen«* nannte. Die einzige Frau, über die sich Maurice Agnelet nie lustig gemacht hat, ist Anne. Sie sei sein *»Paradiesgarten«*, sagt er.

Was für einen Kontrast zu Françoise bot Anne Litas, als sie am Arm ihres Sohnes Thomas den Gerichtssaal in Rennes betrat! Das Gesicht ungeschminkt, umrahmt von kurzen grauen Haaren, nüchterne Kleidung, große Konzentration bei der Wahl ihrer Worte, wenn sie auf die Fragen des Vorsitzenden Richters antwortete. Anne Litas war sechzehn gewesen, als sie Maurice Agnelet kennengelernt hat.

»Ich war naiv und romantisch. Ich habe mit einem Mann zusammengelebt, den ich nicht kannte. Unterhaltungen mit ihm gehen nie in die Tiefe. Maurice ist jemand, der Ihnen mitten in der Nacht einreden kann, es sei helllichter Tag. Wenn ich mit ihm sprach, dominierte seine Logik. Erst wenn er weg war, fand ich wieder zu meiner eigenen Logik zurück.«

Ihre Hand zeichnet Schlangenlinien in die Luft.

»Würden Sie sagen, Sie standen in seinem Bann?«, fragt sie der Vorsitzende.

»Absolut. Ich hatte Angst, meine Integrität zu verlieren, nicht mehr ich selbst zu sein. Erst als ich beschlossen habe, nicht mehr mit ihm zu reden, habe ich meine Freiheit wiedergefunden. Sobald Sie ihm nur guten Tag sagen, gerät Ihr Finger schon in sein Räderwerk.«

Sie beschreibt einen Mann, der sie permanent betrogen und ihrem Leben seine Mätressen aufgezwungen hat. Reiche Frauen, Erbinnen, anders als sie, deren Eltern Grundschullehrer waren. Der Name ihres Vaters, Albert Ernest Constant Litas, findet sich in der Liste der 1038 *Compagnons de la Libération.* Anne Litas' Wut kommt in einer Äußerung zum Vorschein, die nüchtern und prägnant ist wie eine Kinoreplik.

»Als mein Vater auf dem Schlachtfeld fiel, begann Monsieur Henri Le Roux seine Karriere in der Welt der Spielcasinos …«

Sie schildert vor allem ein Leben, das von den spektakulären juristischen Wendungen eines Falls geprägt war, der sie immer wieder zu dem Mann zurückführte, den sie nicht mehr sehen wollte.

»Was Sie in den Zeitungen lesen, lesen meine Kinder und ich tagtäglich in den Augen des Postboten, des Nachbarn, der Bäckerin. Alle Bemühungen, ein neues Leben aufzubauen, wurden systematisch zunichtegemacht.«

In Chambéry verfolgt Guillaume, was im Prozess in Rennes gesagt wird. Bis zum letzten Moment zweifelt er daran, dass seine Mutter der Vorladung vor das Geschworenengericht folgt. Er geht davon aus, dass sie sich wie die letzten zwei Male der Beweisaufnahme entzieht. Nachdem er jetzt weiß, dass sie im Zeugenstand steht, hält er alles für möglich. Vielleicht wird sie ihn befreien. Ihn beschützen, wer weiß. Eine

Mutter ist schließlich dafür da, ihre Kinder zu beschützen. Aber seine? Die Journalisten schreiben, dass sie viel weint. Guillaume sieht, dass sie sich von ihr beeindrucken lassen.

Mit einem Mal ist der Schmerz zurück. Dort belastet Anne ihren Exmann – *»Maurice verlassen war meine Rettung«*, sagt sie –, verteidigt jedoch den Angeklagten.

»Er ist ein schlechter Ehemann und ein schlechter Vater, mehr kann ich nicht sagen.«

Sie beteuert, dass sie von der ganzen Sache, die ihm vorgeworfen wird, nie etwas wusste. Sie gibt allenfalls zu, hinsichtlich seiner Verantwortung am Verschwinden von Agnès Le Roux *»Spekulationen angestellt«* zu haben.

»Sie haben sich jedoch nie zu Gewissheiten verfestigt.«

Sie sagt vor allem, dass dies sehr alte Geschichten sind und man endlich *»einen Schlussstrich ziehen«* sollte. Dass *»ein Zweifel«* bleibt und dass dann gilt *»im Zweifel für den Angeklagten«*.

Dass seine Mutter zum besten Anwalt für seinen Vater avancieren sollte, hätte sich Guillaume nicht träumen lassen. Bei seiner Rückkehr ist er am Boden zerstört. Er macht in der Nacht kein Auge zu, sagt sich in einer Endlosschleife die Sätze seiner Mutter vor – *»einen Schlussstrich ziehen«*, *»ein Zweifel«* – und auch die Sätze, die sie immer wieder zu ihm gesagt hat, ihrem Sohn. *»Du bist der Älteste, es ist deine Pflicht, deinem Vater zu helfen.«* Sie führt nur dieses Wort im Mund, die Pflicht. Am nächsten Morgen steht Guillaumes Entscheidung fest. Er wird sein Geheimnis preisgeben, in Rennes. Nicht in der Presse. Nicht im Radio. Nicht in irgendeinem Fernsehstudio. In einem Gericht.

Es ist noch früh an diesem Samstagmorgen im April, als Guillaume die Nummer eines Freundes wählt, der einen Richter kennt. Er würde ihn gern treffen, je früher, desto besser, am liebsten sofort, es ist dringend. Der Freund kennt seine Geschichte, verspricht, sich darum zu kümmern. Guillaume wartet. Er nimmt seinen Sohn auf den Schoß, hilft ihm bei einem Puzzle, zuerst die Ecken, dann der Himmel mit der Wolke, das Rad des roten Autos, das schwarze Rund des Lenkrads, die gelbe Schirmmütze des Fahrers. Die neun Teile sind schnell zusammengesetzt, das Kind ist stolz, machen wir es noch mal, sagt der Vater. Seine Partnerin möchte mit ihm in die Stadt fahren, Guillaume setzt sich ans Steuer, schaltet sofort das Radio aus, das für die Jahreszeit verhältnismäßig kalte Temperaturen meldet. Nach einem Kilometer fährt er rechts ran und hält. *»Fahr du, ich hab Angst, einen Unfall zu bauen.«* Endlich klingelt sein Handy. Er kann den Richter am nächsten Morgen treffen.

Sie haben sich auf einem Parkplatz vor einer Wohnanlage im Großraum Chambéry verabredet. Guillaume sieht einen Mann im Trainingsanzug mit Laufschuhen auf sich zukommen. Das überrascht ihn, er hat nicht mit einem schlecht rasierten Richter gerechnet, der seine Kinder mitbringt. Während die Kinder Ball spielen, stellen sich die beiden ein wenig abseits. Guillaume erklärt ihm, dass er im Prozess seines Vaters in Rennes aussagen will, dass es um *»Enthüllungen«* geht. *»Gleich am Montag«*, insistiert er.

Guillaume legt los, es ist das erste Mal, dass er einem Fremden von den Erinnerungen erzählt, die seine Nächte heimsuchen und ihn schweißgebadet aufwachen lassen. Alles kommt ihm plötzlich ganz einfach vor. Man muss den

Worten einfach freien Lauf lassen. An den wenigen Fragen des Richters erkennt Guillaume, dass er von »der Sache« gehört hat, er hat sogar alle juristischen Etappen verfolgt. Sein Gesicht ist ernst, fast väterlich.

»Ich kann Sie mit dem Oberstaatsanwalt zusammenbringen. Aber überlegen Sie es sich gut. Ich zwinge Sie zu nichts. Es ist Ihre Entscheidung.«

»Ich habe es mir überlegt. Ich bin bereit.«

Guillaume öffnet seine Brieftasche, nimmt eine Visitenkarte heraus, reicht sie dem Richter.

»Ich bin bereit«, wiederholt er.

»Ich werde ihn informieren. Verbleiben wir so?«

»Verbleiben wir so.«

Als er drei Stunden später vor der blassroten Fassade des Gerichtsgebäudes von Chambéry parkt, ist Guillaume erstaunlich ruhig. Das wundert ihn übrigens am meisten, diese Ruhe, die ihn überkommt, als ihn der Oberstaatsanwalt an diesem Sonntagnachmittag, dem 6. April, durch die menschenleeren Gänge in sein Büro bringt. Das alte Parkett knarrt unter ihren Füßen, sie gehen schweigend an Grünpflanzen vorbei, die an den Goldrahmen der Gemälde kratzen. Nur noch wenige Stufen, dann sind sie da, Guillaume und der Staatsanwalt sitzen sich an einem Schreibtisch gegenüber, der mit Papier überhäuft ist.

Der Staatsanwalt hört zu, ohne ihn ein einziges Mal zu unterbrechen. Als Guillaume mit seinem Bericht am Ende ist, sagt er nur:

»Das dürfte reichen. Machen wir eine Aussage?«

»Ja, machen wir eine Aussage.«

Guillaume wiederholt die Geschichte, fügt nichts hinzu, lässt nichts weg.

»Lesen Sie das Ganze noch einmal durch.«

Guillaume lässt nur einen einzigen Satz ändern. Er unterzeichnet die Aussage und verabschiedet sich. Draußen auf dem Vorplatz kommt ihm das Licht dieses Frühlingsnachmittags plötzlich heller vor. Er umklammert das Papier mit dem offiziellen Briefkopf der Französischen Republik, das er in seine rechte Jackentasche gesteckt hat. Zwei Seiten. Das ist letztendlich nicht sehr viel, zwei Seiten für dreißig Jahre seines Lebens.

Zu Hause angekommen sagt er zu seiner Partnerin:

»Es geht los.«

Die Akten unter den Arm geklemmt, klopft die Gerichtsdienerin leise an die Bürotür des Vorsitzenden Richters Philippe Dary im ersten Obergeschoss des Gerichtsgebäudes von Rennes. Als Präsident des Geschworenengerichts ist der ehemalige Untersuchungsrichter allseits geschätzt. Er ist als Mensch jovial und als Richter streng. Sein Name hatte sich sogleich aufgedrängt, als klar geworden war, dass das Gericht in Rennes über die dicke Akte Agnelet zu verhandeln hätte. Seit drei Wochen läuft alles bestens, nichts hat die Verhandlung stocken lassen, es stehen nur noch eine Handvoll Zeugenbefragungen aus. Der Terminplan wurde eingehalten, vielleicht ließe sich der Urteilsspruch sogar um einen Tag vorziehen.

Philippe Dary steht auf, sein Gesicht ist aschfahl. Sylvie Barbe fragt besorgt:

»Geht's Ihnen nicht gut?«

Er schüttelt den Kopf und reicht ihr die maschinengeschriebenen Seiten, die vor ihm auf dem Schreibtisch liegen.

»Lesen Sie.«

Als sie ihm die zwei Blätter zurückgibt, sehen sie sich schweigend an. Sie brauchen nichts zu sagen. Sie wissen beide, dass das, was jetzt kommt, schrecklich sein wird. Der Vorsitzende ergreift als Erster das Wort:

»Ich will ihn heute Morgen hören. Sorgen Sie dafür, dass das klappt.«

Jetzt ist Eile angesagt. Die Verhandlung eröffnet in nicht ganz einer Stunde. Gleich werden die Geschworenen eintreffen, sie haben sich angewöhnt, jeden Morgen etwas früher zu kommen, um zusammen eine Tasse Kaffee zu trinken, bevor sie den Gerichtssaal betreten. Fünf Frauen, vier Männer, die sich erst seit drei Wochen kennen und sich bereits Dinge aus ihrem Leben erzählen, als wären sie alte Freunde. Das ist nicht selten so. Zuerst verfluchen die Geschworenen das Los, das sie getroffen hat, dann können sie sich gar nicht mehr voneinander trennen.

Die Sache war jedoch noch nicht ausgestanden. Manche von ihnen waren kaum auf der Welt, als Agnès Le Roux verschwand. Zu Beginn des Prozesses hatten sie sich Sorgen gemacht. Wie sollten sie über einen Fall urteilen, der so lange zurücklag und bei dem die Justiz so lange geschwankt hatte? Der Vorsitzende Dary hatte sie beruhigt. Erst einmal abwarten, zuhören und sich tragen lassen, hatte er gesagt. Er hatte sich nicht geirrt. Eine ganze Welt war langsam vor ihnen zum Leben erwacht und war ihnen mittlerweile sehr vertraut.

Die Gerichtsdienerin empfängt die Geschworenen und versucht, sich nichts anmerken zu lassen. Im Flur, der zum Gerichtssaal führt, begegnet sie dem Generalstaatsanwalt Philippe Petitprez. Sein Gesichtsausdruck ist nicht so gutmütig wie sonst, seine Augen unter den gebogenen Brauen lächeln weniger. Er weiß Bescheid, er war am späten Sonntagnachmittag als Erster über Guillaume Agnelets Aussage informiert worden und hatte den Vorsitzenden Richter in Kenntnis gesetzt. Er ist früher gekommen, um auf das Eintreffen der Familie Le Roux zu warten, auf Catherine und Patricia, die älteren Schwestern von Agnès, Jean-Charles, ihren jüngeren Bruder, die von den beiden Pariser Rechtsanwälten Hervé Temime und Julia Minkowski begleitet werden. Philippe Petitprez würde sie am liebsten vorab kurz informieren, um den Schock abzufedern, aber er weiß nicht recht, wie er es anstellen soll, er darf ihnen nichts verraten.

Die junge Anwältin mit den blonden, im Nacken zusammengebundenen Haaren und dem blassen Teint betritt als Erste den Saal, ihr Gang ist etwas schwerfällig, sie ist im siebten Monat schwanger. Philippe Petitprez geht auf sie zu. Mit gedämpfter Stimme raunt er ihr zu:

»Es gibt neue Erkenntnisse. Sagen Sie der Familie, dass sie sich auf eine schwere Nachricht gefasst machen soll.«

Julia Minkowski starrt ihn an, fragend und besorgt. Sie gibt die Information an Hervé Temime und Jean-Charles Le Roux weiter. *»Eine schwere Nachricht«, »neue Erkenntnisse«.*

Was könnte ihnen Schlimmeres widerfahren als das, was sie schon erlebt haben? Den Verlust einer Schwester, ein mysteriöser Tod, das Fehlen einer Leiche, eine lange juristische Treibjagd und einen dritten Prozess, der ihre Wunden wieder aufgerissen hat und ihre Furcht nährt, Maurice Agnelet könnte einer Verurteilung entgehen. Ihrer 92-jährigen Mutter haben sie von der letzten juristischen Volte lieber nichts mehr erzählt. Müde, fast blind, weiß sie nicht, dass sie alle drei in Rennes sind, Maurice Agnelet gegenübersitzen, der frei ist und vermutlich in den Genuss der Unschuldsvermutung kommt. Ihre Abwesenheit hat es ihnen erlaubt, sich zum ersten Mal einzugestehen, wie schwer dieser Fall auf ihrem eigenen Leben lastet, wie erschöpft sie oft waren angesichts der Verbissenheit ihrer Mutter, die sie alle zu spüren bekamen, angesichts des Kummers, den sie empfanden, wenn sie sahen, wie fixiert sie auf die Suche nach ihrer Tochter war, wie sie ihre anderen Kinder nur aus der Ferne wahrnahm, die Eltern geworden waren, ihr Enkelkinder geschenkt hatten. Eine schwere Nachricht. Neue Erkenntnisse. Die Worte hämmern in ihrem Kopf, weiter können sie nicht denken.

Wie jeden Morgen in den letzten drei Wochen hat Maurice Agnelet seine billige Pension in Bahnhofsnähe verlassen, um sich ins Hotel zu begeben, wo sein Anwalt, François Saint-Pierre, auf ihn wartet. Die Geschäftsleute in der Rue de la République haben sich daran gewöhnt, die beiden ungleichen Gestalten zusammen zum Gerichtsgebäude schlendern zu sehen, die strenge Eleganz des einen, dunkler gutsitzender Anzug, nachtblauer offener Mantel, dessen Schöße den Blick auf ein Futter aus malvenfarbener Seide freigeben, das nachlässige Äußere des anderen, der in einem unförmigen alten schwarzen Trainingsanzug steckt und in abgetragenen Schuhen. In vier Tagen muss der Anwalt auf Freispruch eines Mannes plädieren, den er seit fünfundzwanzig Jahren vertritt. Er ärgert sich, dass Maurice Agnelet ihn so wenig unterstützt. Dass er den Menschen, der er noch am ersten Prozesstag war, gealtert, erschöpft, der sich auf die Bank plumpsen ließ und dem der Lärm um ihn herum nichts anhaben konnte, gegen diesen aufbrausenden, hitzigen, zwanghaften, unberechenbaren unkontrollierbaren Angeklagten getauscht hat. Maurice Agnelet geht auf dem Zahnfleisch. Das Alter, das seinen Körper ausgezehrt hat, lässt seine Charakterzüge stärker hervortreten. Und er, der Anwalt, hat das mit Entsetzen gepaarte Interesse gesehen, das diese Person, der eiskalte faszinierende Maurice Agnelet, bei den Geschworenen ausgelöst hat.

Er wird ihnen sagen, dass sie, auch wenn sie diesen Angeklagten nicht mögen, nach wie vor nicht mit Gewissheit sagen können, *»wo, wann, wie, wodurch und folglich von wem«* Agnès Le Roux ermordet worden ist – das *»Quis, quid, ubi, quibus auxiliis, cur, quomodo, quando?«* seines Lehrers Quintilian –, und dass man einen Menschen nicht verurteilen kann, ohne Antworten auf diese Fragen zu haben.

François Saint-Pierre stellt seine Aktentasche auf die helle Holzbank. Er achtet nicht auf den Blick des Generalstaatsanwalts. Er wäre erstaunt gewesen, was er darin hätte lesen können. Ermunterung. Wohlwollen. Aber auch Verlegenheit darüber, als Ankläger etwas zu wissen, was der Anwalt der Verteidigung noch nicht weiß.

In einem kleinen separaten Raum wartet Thomas Agnelet, allein. Mehr als eine Stunde ist vergangen, seit der Vorsitzende ihn in den Zeugenstand gerufen hat, um ihn darüber aufzuklären, dass eine *»Information«* das Gericht erreicht habe, die ohne seine Anwesenheit öffentlich gemacht werden müsse. Hat er den Tumult jenseits der Wand vernommen, als Philippe Dary die beiden Seiten mit der Aussage seines älteren Bruders verlesen hat? Als der Generalstaatsanwalt die Worte Guillaume Agnelets zitierte – *»Ich fürchte mich vor der Reaktion meines Vaters, der womöglich auf die eine oder andere Weise versuchen wird, Rache zu nehmen«* – und das Gericht bat, die sofortige Verhaftung des Angeklagten anzuordnen, damit kein Druck auf den Zeugen ausgeübt werden kann. Was sagt ihm der Blick der Gerichtsdienerin, als sie ihn abholt? Die Grabesstille, die ihn beim Betreten des Gerichtssaals empfängt? Er sieht die dunkelblauen Uniformen, die seinen Vater umgeben, und wirft ihm den Blick eines Ertrinkenden zu. Der Vorsitzende unterbricht den stummen Dialog.

»Wir verfügen über neue Erkenntnisse, die eine erneute Vernehmung Ihrer Person sowie die Ihrer Mutter erforderlich machen. Haben Sie die Nummer ihres Mobiltelefons?«

»Ja.«

»Ich muss ihr eine Nachricht zukommen lassen.«

»Kann ... kann ich sie vorher anrufen? Was soll ich ihr sagen?«

»Dass sie noch einmal vor Gericht erscheinen muss. Ich möchte, dass Sie sie in Gegenwart eines Polizeibeamten anrufen.«

»Und ... diese neuen Erkenntnisse?«

»Ich will nicht, dass Sie jetzt schon darüber informiert werden.«

Die Gerichtsdienerin begleitet ihn zum Ausgang, ein Polizist folgt ihm auf dem Fuß. Auf der Leinwand hinter den Richtern taucht das Gesicht seines älteren Bruders auf.

»Ich heiße Guillaume Agnelet, ich bin fünfundvierzig Jahre alt und Informatiker.«

Die Hände auf dem Tisch gefaltet, starrt er in die Kamera. Sein Gesicht, aus nächster Nähe gefilmt, ist runder, als ich es in Erinnerung habe, sein Kopfhaar hat sich gelichtet. Doch ich entdecke wieder diesen harten Zug an ihm, der mir schon beim Prozess in Nizza aufgefallen ist. Von dem Zimmer im Gericht von Chambéry aus kann Guillaume Agnelet die gezeichneten Gesichter von Agnès Le Roux' Geschwistern nicht sehen, die ihm eng aneinandergedrückt zuhören. Auch François Saint-Pierres angespanntes Gesicht und das seines Vaters dahinter sieht er nicht. Er sieht nur den Vorsitzenden, die beiden beisitzenden Richter an seiner Seite und die ersten Geschworenen daneben.

Philippe Dary erinnert ihn daran, dass er als Sohn des Angeklagten keinen Eid ablegen muss, wonach er *»die Wahrheit und nichts als die Wahrheit«* zu sagen habe.

»Dennoch sind Sie verpflichtet, die Wahrheit zu sagen.«

»Ja.«

»Warum machen Sie diese Zeugenaussage zum jetzigen Zeitpunkt?«

»Weil ich mich seit meinem fünfzehnten Lebensjahr beim Aufwachen schlecht fühle. Und weil ich weiß, wenn ich es heute nicht tue, werde ich es bis an mein Lebensende bereuen.«

»Sie haben das ganze Gerichtsverfahren miterlebt, Sie wurden von einem Untersuchungsrichter vernommen, Sie haben in den beiden vorangegangenen Prozessen ausgesagt, haben Sie niemals erwogen zu reden?«

»Ich war im Verteidigungsmodus. Weil es um meinen Vater geht. Um meine Familie.«

Kriegt er es von seinem Platz aus mit? Alle, die ihm zuhören, die Richter, die Geschworenen, die Anklage, die Verteidigung, die Familie Le Roux, die Zuschauer, nehmen die Rolle eines Prüfers ein. Alle suchen nach der unbedachten Äußerung, der Verwirrtheit, Ungeschicklichkeit oder Übertreibung, die Anlass zu Misstrauen gäbe.

Wer häufig im Gerichtssaal sitzt, kennt diesen Moment. Der Zeuge wird wie eine Maus den Klauen nicht einer, sondern mehrerer Katzen überlassen, die allesamt die Überlebensfähigkeit ihrer Beute testen. Manche, die selbstsicher und frech in die Arena eingezogen sind, wurden in der Luft zerfetzt. Andere, von denen man annahm, man würde spielend mit ihnen fertigwerden, kamen mit heiler Haut davon. Glaubwürdige Äußerungen fielen durch einen Satz in sich zusammen, Wutausbrüche entlarvten innerhalb weniger Sekunden eine gespielte Ruhe, zornige Anwandlungen sorgten plötzlich für eine bis dahin fehlende Autorität.

Guillaume Agnelet spricht in kurzen, kompakten Sätzen. Er hört sich die Fragen an – auf der riesigen Leinwand sieht man sein leicht vorgebeugtes Gesicht –, lässt sich gelegentlich ein Wort wiederholen, das er nicht richtig verstanden hat, und antwortet so präzise wie möglich. Er ergänzt Einzelheiten. Adressen, Chronologien, Verhaltensweisen. Die Sätze der Niederschrift füllen sich mit Leben, sie schwellen an, prallen gegen die Wand, die Worte sind dieselben, aber man vernimmt jetzt die dazugehörige Stimme.

»Das erste Mal waren Thomas und ich mit ihm zusammen bei einem seiner Freunde in der Rue de l'Ouest 106 in Paris. Mein Vater studierte die Akte, wie ich es schon Dutzende Male miterlebt hatte. An diesem Tag sagte er zu mir: ›Solange sie

die Leiche nicht finden, habe ich nichts zu befürchten, und ich weiß, wo die Leiche ist.‹ Ich habe nicht weiter nachgefragt. Aber sein Blick ließ an seiner Äußerung keine Zweifel zu.«

Ohne die nächste Frage des Richters abzuwarten, schildert er das zweite Geständnis, das er von seiner Mutter erhalten haben will.

»Sie hat mich aufgefordert, mich auf das Bett zu setzen. ›Ich will dir sagen, was für ein Mensch dein Vater ist.‹«

Guillaume erzählt, und innerhalb kürzester Zeit kommen Antworten auf alle Fragen, die seit dem ersten Prozess gestellt worden waren, aus dem Mund eines Sohns, der behauptet, sie von seiner Mutter zu haben, derselben Person, die noch vor drei Tagen versichert hat, von der ganzen Sache keine Kenntnis zu haben. Wann wurde Agnès Le Roux getötet? An Allerheiligen 1977, als sie mit Maurice Agnelet wild gecampt hat. Wo? In Italien, unweit des Monte Cassino, *»an einem abgelegenen Ort, wie mein Vater ihn liebt«*, erläutert Guillaume Agnelet. Und die schlimmste: Wie? Durch eine Kugel in den Kopf, während sie schlief.

Er erläutert:

»Ich kann nicht mit absoluter Sicherheit sagen, dass meine Mutter davon gesprochen hat, er habe auf ›ihren Kopf gezielt‹, vielleicht habe ich dieses Bild von der ›Kugel im Kopf‹ ergänzt.«

Dann fügt er hinzu:

»Nach all diesen Details habe ich nicht gefragt. Sie wurden mir aufgezwungen.«

Jean-Charles Le Roux drückt die Hand seiner Schwester Patricia, die er fast zerquetscht. Eine Erinnerung kommt in ihm hoch. Es war Ende der 1990er Jahre. Wie seine Mutter wollte auch der jüngere Bruder sich möglichst keinen Hinweis auf das Verschwinden seiner Schwester entgehen lassen, und sei er noch so klein. Er flog nach Montreal, um dort Françoise Lausseure zu treffen, die er angefleht hatte, einem Treffen zuzustimmen. Ihre Ehe mit Maurice Agnelet ging damals gerade in die Brüche, sie hatte der Polizei jedoch noch nicht von ihrer Falschaussage zu seinen Gunsten erzählt. Jean-Charles hoffte, dass diese Frau, die jahrelang mit Maurice Agnelet zusammengelebt hatte, vielleicht etwas wüsste. Françoise hatte ihn sehr herzlich empfangen, ihm gegenüber aber nichts zugegeben.

Ein paar Wochen später hatte sie ihn jedoch angerufen und ihm nahegelegt, zum Flughafen Roissy zu fahren, wo ihn ihr Sohn Régis bei einem Zwischenstopp in Frankreich erwarten würde. Die beiden Männer waren gleich alt, um die dreißig, ihnen war dieses Treffen, das etwas von einem schlechten Krimi hatte, gleichermaßen unangenehm. Die Nachricht, die Françoise über ihren Sohn an Jean-Charles übermitteln ließ, bestand in einem einzigen Satz: *»Richten Sie Ihr Augenmerk auf Monte Cassino.«* Sie hatten sich nicht mehr zu sagen gehabt, hatten ihren Kaffee ausgetrunken, sich per Handschlag verabschiedet und waren auseinandergegangen. Jean-Charles hatte dem Richter von dem Treffen erzählt, ohne ihm allzu große Bedeutung beizumessen. Er hatte im Gegenteil sogar gedacht, Françoise Lausseure wollte ihn auf eine falsche Fährte locken.

Guillaume Agnelet kommt jetzt auf seine dritte Erinnerung zu sprechen, die vom Genfer Flughafen, als er zusammen mit Thomas seinen Vater abholte, der aus Panama zurückkam. Er redet, und man sieht sie unweigerlich vor sich, die drei, an diesem Flughafen in Genf. Die wartenden Söhne vor der Ankunftstür der internationalen Flüge. Ihre Blicke auf den Strom der Reisenden geheftet. Die Gestalt ihres Vaters, der endlich auftaucht, und die Sekunden, in denen der Blick die Konturen eines Körpers, die Gesichtszüge, die tieferen Falten, das lichtere Haar umschließt und taxiert, wie man sich ein Foto anschaut, um es mit seiner eigenen Erinnerung abzugleichen, bevor man ein Lächeln wagt, das einzige Lächeln dieses Moments, das dem anderen sagt, er habe sich nicht verändert. Vielleicht haben sie ihn sogar in die Arme geschlossen, diesen Vater, der zu ihnen zurückkam, ihm die Koffer getragen und auf dem Weg zum Café gescherzt. Guillaume hatte bestimmt allerhand von dem Kind zu erzählen, das zur Welt gekommen war, Thomas von seinem Aufenthalt in Tahiti mit Perlentauchern und seiner erst kürzlich entdeckten Begeisterung für Kunstschmiedearbeiten.

Wir folgen ihnen, wie sie im Café am Tisch sitzen, um sich herum Transitreisende oder Familien, die gerade wiedervereint worden sind oder sich auf den Abschied vorbereiten. Väter und Söhne, die ihnen ähneln und die sich ebenfalls viel zu erzählen haben. Es muss laut gewesen sein, Musik und Lautsprecheransagen, die sich von Zeit zu Zeit über ihre Stimmen legen. Und in der Mitte sie, die Agnelets, die sich darüber unterhalten, wie lange eine Leiche braucht, um zu verwesen, so wie andere über das Wetter oder die Müdigkeit nach einer Reise reden.

»Es hat alles in allem vielleicht eine halbe Stunde gedauert. Das war's.«

Der Vorsitzende Richter will wissen, wir alle wollen wissen, ob sie, die beiden Brüder, sich hinterher darüber unterhalten haben. Oder ob sie es vorgezogen haben, für sich zu behalten, was sie gehört hatten oder gehört zu haben glaubten, was sie wahrgenommen hatten oder wahrgenommen zu haben glaubten, was sie verstanden hatten oder sich weigerten zu verstehen. Die Justiz braucht klare Antworten, nur so kommt sie voran. Sie möchte, dass man ihr sagt: *»Ja, wir haben uns darüber unterhalten«* oder *»Nein, wir haben nie darüber gesprochen.«* Zwischen den beiden Antworten liegen unendlich viele Grautöne. *»Vielleicht«, »ich kann mich nicht erinnern«, »ein bisschen«, »kaum«, »ich weiß nicht mehr, worüber wir gesprochen haben.«*

Philippe Dary fragt nun nach Thomas. Und in den wenigen Fragen – *»Hat er sich an der Unterhaltung beteiligt? Hat er noch einmal mit Ihnen darüber gesprochen?«* – sind alle anderen enthalten. Hat Thomas vor Gericht gelogen, als er zu Beginn des Prozesses im Zeugenstand ausgesagt hat, dass er von den Dingen, die seinem Vater zur Last gelegt werden, nichts wüsste? Thomas, der von alledem nichts mitbekommt, der nebenan in einem Raum sitzt, in den er verbannt worden ist. Jetzt wird der Ältere gefragt, was der Jüngere seiner Meinung nach weiß.

Es dauert nur den Bruchteil einer Sekunde. Eine Zuckung im Gesicht, eine leicht belegte Stimme.

»Ich sage für mich aus. Nicht für Thomas. Ich verstehe Thomas sehr gut, ich war lange Zeit in derselben Position.«

Philippe Dary bohrt nach. Guillaume Agnelet sträubt sich abermals. Schließlich gibt er zu:

»Die drei Vorfälle, die ich gerade geschildert habe, kennt er aus meinen Erzählungen.«

»Glauben Sie, dass Ihre Mutter Thomas ebenfalls Dinge anvertraut hat?«

»Ich nehme es an.«

»Und Ihrem Bruder Jérôme?«

Der Richter führt die Frage etwas aus. Er erinnert an Jérômes schreckliche Ansichtskarte. Guillaume scheint sich nicht zu wundern, dass man ihm diese Frage stellt.

»Ich denke, Jérôme wollte sagen, dass dieses Familiengeheimnis alle tötet, so wie es auch mich langsam umbringt.«

Zwei Brüder. Einer, der seinen Vater noch verteidigt, und einer, der ihn jetzt anklagt. Alles wird auf eine Gegenüberstellung hinauslaufen, man wird sie beobachten, sie beide mit einem Vertrauensindex belegen. Dazu dient die Befragung, sie muss zu einer inneren Überzeugung führen.

»Führen Sie Thomas Agnelet herein«, befiehlt der Richter.

Auf der Leinwand ist zu sehen, wie Guillaume seinen jüngeren Bruder beobachtet, als dieser in den Zeugenstand tritt.

»Haben Sie jemals Informationen über diesen Fall und die Umstände von Agnès Le Roux' Verschwinden erhalten?«

»Ich habe Ihnen schon gesagt, dass ich dazu nichts sagen kann. Mir sind keine Fakten bekannt.«

»Hat Ihre Mutter sich Ihnen anvertraut?«

»Mit ihr rede ich möglichst wenig über meinen Vater.«

»Haben Sie Ihren Vater bei seiner Rückkehr aus Panama am Genfer Flughafen abgeholt?«

»Nein.«

»Sie können sich nicht an ein Gespräch zwischen Ihrem Vater, Ihrem Bruder und Ihnen am Genfer Flughafen erinnern?«

»Nein.«

»Guillaume behauptet, sein Vater und seine Mutter hätten ihm Dinge anvertraut.«

Philippe Dary nennt ihm Details.

»Das ist absurd. Absurd.«

»Hat Ihnen Guillaume irgendwann gesagt, dass er reden wird?«

»Das ist kein Traum mehr, das ist ein Albtraum.«

»Hat er sich das alles Ihrer Meinung nach ausgedacht?«

»Ich verstehe nicht, was mit ihm los ist. Vielleicht ist er mit seinen Kräften am Ende ...«

Der Vorsitzende Richter wendet sich an Guillaume Agnelet, der das gesamte Gespräch mitgehört hat.

»Bleiben Sie dabei, dass das Gespräch am Genfer Flughafen stattgefunden hat und dass Ihr Bruder Thomas dabei war?«

»Ich bleibe bei meiner Aussage. Aber ich wiederhole noch einmal, dass ich nichts gegen meinen Bruder habe.«

»Können Sie bestätigen, dass Ihr Bruder Ihre Sicht der Dinge kennt?«

»Ja.«

Er wendet sich erneut an Thomas Agnelet.

»Was sagen Sie dazu?«

»Ich glaube nicht, dass dieses Gespräch stattgefunden hat.«

Ich glaube nicht, sagt er.

»Ist Ihnen die Bedeutung der Zeugenaussage Ihres Bruders bewusst? Ihre Wirkung auf die Familie Le Roux? Wir wollen von Ihnen nur hören, ob Sie etwas wissen.«

»Ich ... ich ... für mich ist das alles unglaublich. Ich brauche Zeit, um das Ganze zu verdauen ...«

Mit belegter Stimme fügt er hinzu:

»Es ist sehr kompliziert, in dieser Sache ein Kind zu sein.«

Nach dem letzten Satz lässt der Vorsitzende ein paar Sekunden verstreichen, eine Ewigkeit. Er wendet sich an den Anwalt der Familie Le Roux:

»Rechtsanwalt Temime, haben Sie noch Fragen?«

Er hat nur eine Frage, an Guillaume Agnelet:

»Warum sind Sie in diesem Prozess nicht als Zeuge bestellt worden?«

»Weil ich schon in den ersten beiden Prozessen Zeuge der Verteidigung war.«

»Und?«

»Und weil alle wussten, wie meine Aussage ausfallen würde, wenn ich dieses Mal bestellt worden wäre.«

Es geht ein Raunen durch den Saal.

»Alle? Wer sind diese ›alle‹?«

»Meine Mutter, mein Bruder und ... Rechtsanwalt Saint-Pierre.«

François Saint-Pierre springt von seinem Stuhl auf, angesichts des Hagelschauers, der soeben auf ihn niedergegangen ist. Er ist der Anwalt der Verteidigung, aber in diesem Moment vertritt er auch – zuallererst? – sich selbst. Er schuldet dem Gericht, wie er sagt, eine *»Klarstellung«*.

»Diese Situation ist äußerst grausam. Ich kenne Guillaume und Thomas seit Jahren, ich habe miterlebt, wie sie sich zerstritten haben. Ich unterliege der anwaltlichen Schweigepflicht ...«

Er spricht zu den Richtern, vor allem aber zu den Geschworenen, jenen Bürgern, die ihm nun mit einer gewissen Unerbittlichkeit begegnen und sich vermutlich sagen, dass er sie getäuscht hat. Erinnern sich die Geschworenen in diesem Moment an sein Plädoyer am ersten Tag, als er behauptet hat, dieser Prozess ohne Leiche sei *»unmöglich«*? An den autoritären Ton, mit dem er den Richtern eine Lektion in Rechtswissenschaft erteilt hat, indem er sie aufgefordert hat anzuerkennen, dass sie in diesem Fall nicht urteilen können?

»Das Verhältnis des Anwalts zur Wahrheit ist eine philosophische Fragestellung«, sagt er. *»Ich möchte hier vor Ihnen jedoch betonen, dass ich noch nie den Freispruch eines Angeklagten gefordert habe, wenn ich ganz genau wusste, dass er schuldig ist.«*

Ganz genau.

Die Verhandlung wird unterbrochen. Draußen auf dem Gang geht François Saint-Pierre auf und ab und schnalzt mit der Zunge, er japst nach Luft. An das helle Holz der Anklagebank gelehnt, die Beine ausgestreckt, starrt Maurice Agnelet die Menschen an, die in den Saal drängen. Die Information über das Ereignis dieses Morgens hat sich wie ein Lauffeuer verbreitet, und die Neugierigen stehen sich jetzt draußen die Beine in den Bauch in der Hoffnung, drinnen einen Platz zu ergattern. Thomas Agnelet ist nicht zurückgekehrt.

»Das Gericht!«, verkündet die Gerichtsdienerin. Der Vorsitzende Richter Dary versichert sich mit einem kurzen Blick in die Runde, dass alle Geschworenen an ihrem Platz sind, und bittet Maurice Agnelet, sich zu erheben. Sein Ton ist schroff, was man an ihm bisher nicht kennt.

»Ich möchte noch einmal auf die Ereignisse dieses Morgens zu sprechen kommen. Sie haben Ihren Sohn Guillaume gehört. Seine Behauptungen wiegen schwer. Warum macht er diese Aussage Ihrer Meinung nach zum jetzigen Zeitpunkt?«

Im Saal des Geschworenengerichts bricht Maurice Agnelet in Gelächter aus. Ein kurzes schrilles Lachen wie das Quietschen von Kreide an der Tafel. Sein ältester Sohn hat die Zuschauer zutiefst aufgewühlt. Sein jüngster Sohn hat nach Kräften versucht, sich in dem Sturm zu behaupten. Und Maurice Agnelet lacht. Nichts passt hier zusammen, weder die Worte zwischen den Lachanfällen noch die Stimmung oder die Umstände. Und unter dem disharmonischen Gelächter windet sich François Saint-Pierre, als wollte er sich vor einer Peitsche wegducken.

»Der arme Guillaume, der Junge ist zu bedauern.« (Gelächter) *»Ich verstehe ihn nicht mehr, und zu allem Überfluss wird sein Zustand immer schlimmer! Unglaublich! Es ist unglaublich!«* (Gelächter)

Die Stimme des Vorsitzenden, zunehmend schroffer.

»Macht es Ihnen nicht Sorge, all die Details zu hören, die er genannt hat? Welches Interesse könnte er daran haben, uns nicht die Wahrheit zu sagen?«

Maurice Agnelets schrille Stimme, die antwortet. Er streckt den rechten Arm aus und deutet mit dem Zeigefinger auf die Leinwand, dann kläfft er drohend, erregt:

»Ich habe mein Erbe geteilt! Mein Erbe! Und jetzt heißt es, ich sei ein schlechter Vater!«

Der Vorsitzende Dary teilt mit, dass eine Gegenüberstellung zwischen Anne Litas, Thomas und Guillaume zwingend erforderlich sei, wobei Letzterer zugegen sein sollte, und dass sie für Mittwoch anberaumt werde. Alle Blicke richten sich auf die Bank der Verteidigung. François Saint-Pierre steht auf, er blickt seinem Mandanten in die Augen. Er spricht für sie beide. Für das Floß, das davondriftet, auf dem sie festsitzen und aufeinander angewiesen sind.

»Maurice Agnelet.« Er macht eine Pause. *»Dieser Fall ist eine Familientragödie. In zwei Tagen werden sich Ihre beiden Söhne und Ihre Exfrau vor Ihren Augen gegenüberstehen. In diesem Prozess gibt es zahlreiche Akteure, beispielsweise die Geschworenen, die sich um Ihren Sohn Thomas sorgen. Wie sieht es bei Ihnen aus, Maurice Agnelet? Noch ist Zeit für Bewegung. Für ein beherztes Wort, um uns Ihre Wahrheit zu vermitteln. Sie haben bis Mittwoch Zeit, darüber nachzudenken.«*

Der Angeklagte sieht ihn an und zischt in sein Mikrofon:

»Aber … wie lautet denn die Frage?«

Guillaume fand sich schon früh am Bahnhof von Chambéry ein, sein Zug fuhr erst gegen Mittag, er ging in den Kiosk und kaufte sich ein Buch über Religionsgeschichte, das er während der Reise las. Am Gare de Lyon in Paris stieg er in die erste Metro, dann in die zweite – die überirdisch verläuft und die er am liebsten mag, vor allem, wenn sie die Seine überquert, an Häusern vorbeifährt und flüchtige Einblicke in Wohnungen gewährt, auf Silhouetten, die sich im Licht einer Lampe abzeichnen –, um zum Gare Montparnasse zu gelangen. Vor dem Anschlusszug blieb ihm noch etwas Zeit, er aß ein Sandwich und ein Schälchen Pommes, bevor er in den TGV stieg, der ihn nach Saint-Brieuc bringen sollte, wo er bei einem Freund übernachten wollte. Er vertrieb sich die Zeit damit, die Windräder zu zählen, die er unterwegs sah, machte sogar Fotos, die er seiner Partnerin schickte mit den Worten, alles verlaufe sehr gut. Als der Zug in Rennes ein paar Minuten auf dem Gleis hielt, starrte er auf das blaue Schild mit den sechs weißen Buchstaben und wunderte sich, dass sich in ihm nichts regte. In Saint-Brieuc freute er sich, am Ende des Bahnsteigs seinen Freund zu entdecken, der ihn erwartete. Er bat ihn, an einer Apotheke zu halten, wo er sich eine Packung Schlaftabletten kaufen wollte, aber es war zu spät, der Rollladen war schon unten, egal. Er trank ein, zwei, dann drei Aperitifs und lauschte seinem Freund, der ihm aus seinem Leben erzählte, er verspeiste seinen Teller mit Spaghetti Bolognese und schlief schließlich ein.

Am nächsten Morgen brachen sie früh auf und fuhren schweigend bis nach Rennes. Am Ende der Straße tauchte das alte bretonische Parlamentsgebäude auf, in dem das Appellationsgericht untergebracht war, mit seiner Fassade aus Granit und weißem Stein. Dutzende Übertragungswagen voller Antennen und Satellitenschüsseln standen auf dem Platz wie ein Wall aus hässlichen Farben. Journalisten nahmen Haltung an, als sie, das Mikrofon in der Hand, mit ernstem Gesicht in die Kameras sprachen, Fotografen, bewaffnet mit Objektiven, die auf ihren Einsatz warteten, scannten gnadenlos wie Jäger den Reigen der Autos und die Gesichter der Passanten. Und ich bin die Beute, sagte sich Guillaume.

Am Handy hat er einen Mann, der sich als Vertreter des Staatsanwalts vorstellt und ihm beschreibt, wie er über einen Hintereingang ins Gerichtsgebäude gelangt. Er merkt, wie ihm der Kopf schwirrt, seine Beine unter ihm nachgeben, sein Gesicht ist ganz weiß, als wäre alles Blut aus ihm herausgelaufen. Er folgt dem Staatsanwalt durch ein Labyrinth aus Gängen bis zu einer kleinen Tür, die auf eine breite Galerie führt. Kaum hat er weitere Kameras, Mikrofone, Fotoapparate entdeckt, alles ist hell und laut, da kommt jemand auf ihn zu, eine Frau diesmal, *»ich bin die Gerichtsdienerin«*, sagt sie, ihr Lächeln ist wirklich freundlich, sie führt ihn in einen anderen Saal, ihre Absätze klackern auf den Fliesen, sie bittet ihn einzutreten, er fragt, ob er hier lange warten muss, sie antwortet, dass sie das nicht weiß, sie käme ihn jedenfalls abholen. Er stellt die Tasche, die er über der Schulter trägt, neben sich auf den Stuhl, zieht seine Jacke aus, ihm ist heiß, dann schlüpft er wieder hinein, weil er doch eher friert, er holt den Zauberwürfel aus der Tasche, den er schnell noch eingesteckt hat, und fängt an zu spielen.

An diesem Morgen war ich sehr früh ins Gericht gekommen. Alles wirkte größer, erdrückender auf mich. Die breite Steintreppe, die nach oben führte, die beiden Steinreliefs neben der monumentalen Tür, die Fortitudo und Justitia zeigten, die Granitplatten in der Vorhalle, der Himmel und die Wolken an der Decke des Geschworenengerichts. Mein Blick blieb an Details hängen, als sähe ich sie zum ersten Mal. Die beiden kommaförmigen Falten, die an Maurice Agnelets Brauen klebten, die tiefe Furche, die sich vom Nasenrücken bis in die Stirn zog und seinem besorgten Blick geschuldet war, die Hornbrille im Gesicht des Anwalts Hervé Temime, seine Angewohnheit, sich mit der linken Hand die Haare glattzustreichen, um dann im Nacken eine Strähne zu packen und sie sich um den Finger zu wickeln, die drei Grautöne auf den Köpfen der Geschwister Le Roux, aschblond bei Catherine, schlohweiß bei Patricia und silberfarben bei Jean-Charles.

Auf den Pressebänken sitzen wir dicht aneinandergedrängt und schweigen. Wir wissen alle, dass Guillaume Agnelet allein in einem Raum sitzt und sein jüngerer Bruder Thomas auf Geheiß des Vorsitzenden Dary in einen anderen Raum gebracht worden ist. Keiner der beiden darf dem ersten Auftritt beiwohnen, der sich in wenigen Minuten vor unseren Augen abspielen wird. Der Gong ertönt, die kompakte Zuschauermasse erhebt sich, als das Eintreten der Richter und Geschworenen angekündigt wird.

Die Leinwand hinter dem Vorsitzenden ist hell erleuchtet. Wir blicken in einen seelenlosen Gerichtssaal in Périgueux. In dieser Stadt wurde Anne Litas aufgespürt und aufgefordert, sich für eine Befragung einzufinden. Die Kamera zoomt ihr Gesicht zunächst heran, entfernt sich dann wieder etwas von ihr. Philippe Dary räuspert sich:

»Madame, ich befrage Sie noch einmal informationshalber, was Sie nicht von der Pflicht entbindet, die Wahrheit sagen zu müssen.«

Er macht eine Pause.

»Ihr Sohn Guillaume hat uns gegenüber erklärt, Sie hätten ihm Geständnisse gemacht. Ich gehe davon aus, dass Sie von seinen Aussagen Kenntnis erlangt haben?«

»Nicht im Detail«, antwortet sie.

Der Vorsitzende erläutert ihr die Details. Das Schlafzimmer in Cantaron, *»ich will dir etwas über deinen Vater erzählen«*, die Angabe zum Tatort, Monte Cassino, die Landstraße, die Nacht und die Kugel im Kopf.

»Ich bestreite dies mit Nachdruck, das alles ist vollkommen abwegig, es ist abenteuerlich.«

»Warum?«

»Weil ich diese Sätze nie von mir gegeben habe.«

»Er hat sie sich also ausgedacht?«

»Ich nehme es an.«

»Sie sind seine Mutter. Sie kennen ihn gut. Warum hat Ihr Sohn ausgerechnet heute das Bedürfnis, so etwas zu sagen? Was meinen Sie?«

»Ich bin seine Mutter und werde es immer bleiben. Aber ich bin absolut sprachlos angesichts solcher Äußerungen.«

»Die Äußerungen haben Sie überrascht?«

»Mehr als das! Ich verstehe es nicht. Ich weiß nicht, was ich dazu sagen soll …«

»Hat sich Ihr Sohn seit einiger Zeit von der Familie zurückgezogen?«

»Er hat sich von seinem Vater, seinem Bruder und von seiner Mutter zurückgezogen. Wir hatten nie ein besonders enges Verhältnis zueinander, aber in letzter Zeit weigert er sich, mit mir zu reden. Bei einem seiner Besuche ist er sogar gewalttätig geworden.«

»Gewalttätig? Inwiefern?«

»Er hat die Hand gegen mich erhoben.«

Sie fügt allerdings hinzu:

»Ohne mich zu schlagen. Anschließend hat er eine Kaffeetasse zerschmettert!«

»Er hat Sie also nicht geschlagen?«, insistiert der Vorsitzende.

»Nein ... nein, aber er ist gewalttätig geworden ...«

»Er hat die Hand erhoben, hat Sie aber nicht geschlagen«, wiederholt Philippe Dary.

Er fährt fort:

»Seine Aussagen sind starker Tobak. Wenn es stimmt, was er sagt, könnte das nicht erklären, weshalb er sich von seiner Familie zurückgezogen hat?«

»Der Junge ist krank. Ich denke aber nicht, dass es ihm Linderung bringt, wenn er seiner Familie solches Leid zufügt ...«

»Madame!« Die Stimme des Vorsitzenden klingt so streng, dass die beiden beisitzenden Richter neben ihm zusammenzucken. *»Madame, ich sehe, dass Sie ein Blatt Papier vorliegen haben! Sie lesen ab!«*

Er starrt sie wütend an, befiehlt der anwesenden Gerichtsdienerin in Périgueux, Anne Litas die Notizen wegzunehmen.

»Ihre Aussage hat spontan zu erfolgen.«

Philippe Dary wiederholt das Wort noch einmal:

»Spontan.«

Hinter seiner Beharrlichkeit verbirgt sich ein gewisses Misstrauen. Ein Misstrauen, das sich festsetzt, das sich hartnäckig seinen Weg bahnt, in jeden von uns eindringt und sich breitmacht. Das spürt Anne Litas, ihr Gesicht ist angespannt. Der Vorsitzende Dary erinnert sie daran, dass in der Ermittlungsakte zwei Zeugen aufgeführt sind, darunter ihr ehemaliger Liebhaber, die ausgesagt hätten, sie habe ihnen gegenüber *»schreckliche Geständnisse«* aus dem Mund von Maurice Agnelet erwähnt. Beide haben die Äußerungen zeitlich in den Wochen nach dem Tod ihres ältesten Sohns Jérôme angesiedelt. Auch Guillaume hatte die Szene im Schlafzimmer von Cantaron mit dieser Zeit in Verbindung gebracht, in der Anne und ihre Familie in größter Trauer waren.

Daran erinnert sich der Vorsitzende natürlich, wenn er die zeitliche Übereinstimmung der Vorfälle anspricht.

»Passt das nicht zu den Aussagen von Guillaume Agnelet?«

»Ich habe mich bestimmt irgendwie zu dieser schrecklichen Geschichte geäußert. Aber das hier kann ich nicht gesagt haben.«

Anne Litas richtet sich auf ihrem Stuhl auf, ihre Stimme wird fester.

»Mir wäre lieber, ich müsste das hier nicht sagen, aber Guillaume hat wie wir alle Zeiten größter Depressionen durchgemacht. Zwischendurch habe ich sogar befürchtet, er würde den Verstand verlieren. Er ist ganz religiös geworden, fing an, von Gott zu reden, wollte einen Pfarrer aufsuchen …«

Ist das dieselbe Frau, die mich vor fünf Tagen im Gerichtssaal noch so stark beeindruckt hat und die mich jetzt erschaudern lässt? Die Mutter, die ich für einen Fels in der Brandung gehalten habe, die ich bedauert und bewundert habe, jetzt steht sie da und verspritzt ihr Gift gegen ihren Sohn. Genau wie Maurice Agnelet. Sie ähnelt ihm, wie sehr sie ihm in diesem Moment ähnelt!

Sie spricht weiter:

»Das einzige Mittel, um sein Leiden zu lindern, scheint darin zu bestehen, dass er seine Familie auslöscht. Er wirft alle in einen Topf, seinen Vater, seinen Bruder und mich, seine Mutter …«

Die jahrelange Erfahrung als Richter hat Philippe Dary gelehrt, seine Fragen so zu formulieren, dass sie keine klare Haltung erkennen lassen. Er ist vorsichtig, bedient sich des Konjunktivs.

»Wenn es stimmt, was er sagt, könnte es dann nicht sein, dass sich sein seelisches Ungleichgewicht, das Sie ansprechen, mit einem Geheimnis erklären lässt, das für seine Schultern zu schwer geworden ist?«

»Ich glaube, Guillaume hat andere Probleme. Er hat einen schwierigen Platz unter den Geschwistern, er fühlt sich ungeliebt, ich habe dem Jungen sicherlich nicht genug Zeit gewidmet.«

Ihre Stimme wird schwach.

»Er hatte einen großen Bruder, der sehr intelligent war, und ich musste mich viel um seinen kleinen Bruder kümmern. Aber das habe ich erst später begriffen …«

Philippe Dary wird laut:

»Aber Madame, Ihr Sohn hat seinen Vater in Nizza und in

Aix-en-Provence unterstützt! Alles, was Sie uns über Guillaume erzählen, fällt in die Zeit vor diesen Prozessen ... Was könnte ihn Ihrer Ansicht nach bewogen haben, sich spontan an die Justiz zu wenden, um diese Aussage zu machen? Aus welchen Gründen sollte er sich dem stellen, was für ihn zwangsläufig verheerende Folgen haben wird?«

Die Antwort kommt wie aus der Pistole geschossen:

»Wenn ich das wüsste, wäre ich Psychoanalytikerin. Ich bin nur seine Mutter. Ich verstehe ihn nicht. Aber ich glaube, dass man zu so etwas nur imstande ist, wenn man sich in einer Situation größter Verzweiflung befindet.«

»Oder wenn man sein Gewissen erleichtern muss ...«, merkt Philippe Dary an.

Seine Befragung ist zu Ende, er überlässt die Zeugin dem Anwalt der Familie Le Roux sowie dem Anklagevertreter. Man sieht die Angst in ihren Augen, als die Kamera zu Rechtsanwalt Temime schwenkt, der vorgetreten ist, um sie zu befragen.

»Guillaume wird sich vor Ihnen und vor uns äußern müssen. Sie haben einen gewalttätigen, psychisch labilen Jungen beschrieben. Ist es denn nötig, dass Sie sich zum Anwalt Ihres eigenen Sohnes machen, Madame?«

Unter diesen harschen Worten windet sich Anne Litas. Sie versucht, sich zu rechtfertigen, betont noch einmal, dass Guillaume in seiner Jugend aus freien Stücken beschlossen habe, bei seinem Vater zu leben, sie spricht von sich und den Prüfungen, die sie durchgemacht hat, sie versucht sogar die Liebesbeziehung zu rechtfertigen – vor wem eigentlich? vor Maurice Agnelet?, fragt man sich –, die sie mit einem der Zeugen nach Jérômes Tod eingegangen ist – *»Ich war am*

Boden zerstört, er hat mich besucht, wir wollten zusammen wandern gehen …«, sie sollte uns emotional berühren, stößt jedoch allenthalben auf Feindseligkeit.

»Es geht hier nicht um Sie, Madame, sondern um Ihren Sohn«, sagt Rechtsanwalt Temime nur noch, bevor er sich umdreht und zu seiner Bank zurückkehrt.

Der Generalstaatsanwalt Philippe Petitprez erhebt sich. Seine erste Frage ist spitzfindig und grausam zugleich.

»Haben Sie heute noch Angst vor Maurice Agnelet?«

»Nein, nein«, flüstert sie.

Er spricht jetzt von Jérôme, von Jérôme und seinen Worten.

»Warum schreibt Ihr Sohn, Sie seien Mörder?«

Anne Litas verliert die Fassung.

»Mein Sohn … mein Sohn Jérôme, ich war bis zum Ende bei ihm … Hier wird unser Privatleben auf unzumutbare Weise auseinandergenommen …«

Der Rest geht in Schluchzern unter. Der Vorsitzende Philippe Dary schreitet ein.

»Madame, wenn Sie etwas zu sagen haben, sagen Sie es jetzt.«

»Etwas zu sagen, wozu?«

»Ich wiederhole noch einmal meine Frage: Haben Sie Guillaume gegenüber Geständnisse gemacht?«

»Niemals, niemals, niemals!«, antwortet sie und schüttelt verzweifelt den Kopf.

Der Vorsitzende lehnt sich auf seinem Stuhl zurück.

»Frau Gerichtsdienerin, führen Sie Guillaume Agnelet herein.«

»Weniger reizvoll als ein Kunstwerk, aber zugänglicher als der Krieg, weist der Strafprozess einen Vorteil auf, der ihn von allen anderen grausamen Stätten unterscheidet. Er ist der einzige Ort, an dem man seine Neugier unter einem legitimen Vorwand ausleben kann.«

Thierry Lévy, *Éloge de la barbarie judiciaire*

Ich drehe mich um, um ihn zu sehen. Ich will alles mitkriegen, den Augenblick einfangen, seinen Gang, entschlossen oder zögerlich, seinen Blick, der standhält oder ausweicht, seine Finger, die sich verkrampfen, seine Atmung, die wieder zur Ruhe kommt, die Stofffalten, die verraten, wie viel Körperflüssigkeit er absondert. In meinem Heft findet sich dazu kein Eintrag. Unter dem Satz des Vorsitzenden, der ihn in den Zeugenstand ruft, steht nur *»Hinrichtung eines Menschen«*.

Ich wusste, wir alle wussten um die zerstörerische Kraft der Schläge, denen er ausgesetzt war. Er war der Patient auf dem elektrischen Stuhl im Experiment von Stanley Milgram, nur dass die Stromstöße real waren und jeder von uns – Vorsitzender, Geschworener, Generalstaatsanwalt, Nebenkläger, Angeklagter, Verteidiger, Zuschauer – glaubte, unabhängig von seiner Position, einen guten Grund zu haben, den Hebel immer weiter nach unten zu drücken.

Der Vorsitzende Dary ergreift das Wort. Er fragt Guillaume Agnelet, ob er alles bestätigen kann, was er am Sonntag zu Protokoll gegeben und am Montag bei seiner Anhörung per Videokonferenz vor Gericht wiederholt hat. Guillaumes Stimme zittert nicht.

»Ja, ich bestätige alles. Aber ich möchte vorweg noch sagen, dass ich nicht vorhabe, eine Schlacht gegen meine Mutter oder meinen Bruder zu schlagen. Ich führe gegen niemanden Krieg. Ich bin hier, um wiederzugeben, was ich seit etwa dreißig Jahren mit mir herumtrage.«

»Warum hatten Sie am Sonntag das Bedürfnis zu reden? Wie kam es zu dieser Kehrtwende?«

»Ich befand mich in einem ausweglosen Dilemma. Ich wusste um die möglichen Konsequenzen dieses Schrittes. Ich saß in der Klemme. Das Dilemma hat sich erst aufgelöst, als ich die Mauer des Schweigens eingerissen habe. Das habe ich deutlich gespürt, wie soll ich es Ihnen erklären? In mir drin. Ich habe am ganzen Körper gespürt, dass ich es, wenn ich es jetzt nicht mache, ein Leben lang bereuen werde.«

»Was antworten Sie denen, die wie Ihre Mutter behaupten, Ihr Zustand sei dicht am Wahnsinn gewesen?«

Guillaume Agnelet zuckt mit den Schultern. Er sagt leise:

»Damit habe ich gerechnet.«

»Ihre Mutter hat uns gerade erzählt, dass Sie ihr gegenüber Gewaltausbrüche hatten.«

»Das stimmt. Das war in den Jahren, als ich zu meiner Familie sagte: ›Wacht auf! Wacht auf! Wir können so nicht weitermachen!‹ Als ich sie aufgefordert habe, nicht so zu tun, als hätten sie die Sachen nie zu mir gesagt, als gäbe es die Dinge nicht. Tja, damals habe ich meine Mutter bedrängt. Ich hatte das Bedürfnis zu reden.«

Und er schildert mit derselben ruhigen Stimme die Szene im Wohnzimmer von Cantaron, Annes Antwort, als er sie aufgefordert hat zuzugeben, dass sie sehr wohl zu ihm gesagt habe, Maurice habe Agnès Le Roux umgebracht – *›Dass ich das zu dir gesagt habe, beweist noch gar nichts!‹* –, und die Kaffeetasse, die er aus lauter Wut an die Wand gepfeffert hat.

»Was sagen Sie dazu, Madame Litas?«, fragt der Vorsitzende.

»In meiner Erinnerung verlief unser Gespräch ganz anders. Was stimmt, ist, dass er jeden Morgen um vier oder fünf Uhr aufstand und mich mit Fragen bedrängte. Es ging um alles und nichts. Er hat mich regelrecht in die Enge getrieben …«

Zurück zu Guillaume Agnelet.

»Was sagen Sie dazu, dass Ihre Mutter leugnet, Ihnen Geständnisse gemacht zu haben?«

»Jeder schützt sich, so gut er kann.«

Der Vorsitzende fragt ihn ein weiteres Mal, ob er die Erinnerungen an die beiden anderen Vorfälle, in der Rue de l'Ouest in Paris und am Genfer Flughafen, bestätigen kann. So verläuft die Beweisaufnahme am Geschworenengericht. Wiederholen und nochmals wiederholen, so wie man ein Stück Wand abklopft, um ihre Festigkeit zu testen, ihren Ton, mehr oder weniger hell, mehr oder weniger laut.

»Ich bestätige es«, sagt Guillaume Agnelet.

Philippe Dary wendet sich an die Anklagebank.

»Maurice Agnelet, stehen Sie auf.«

Auch Guillaume hat sich umgedreht. Er starrt seinen Vater an, der seinen Blick erwidert. Er hatte sich darauf vorbereitet, hatte sich gefragt, ob er die Kraft dazu hätte. Der Vorsitzende schreitet ein. *»Mir wäre lieber, Sie würden Ihren Vater nicht anschauen«*, sagt er.

»Was sagen Sie dazu, Maurice Agnelet?«

»Das alles ist vollkommen abwegig. Der Junge hat die längste Zeit mit mir zusammengewohnt. Er hat mich am meisten unterstützt. Ich teile die Ansicht seiner Mutter. Der Junge ist krank.«

Der Vorsitzende:

»Die Frage ist, woran er leidet.«

Maurice Agnelet lacht. Murmelt unverständliche Sätze. *»Er wollte den Papst treffen! Ja, ja, den Papst! Faselte was von Mitgefühl, er hat geredet wie ein Erleuchteter …«*

Er lacht immer noch. Guillaumes Stimme unterbricht ihn.

»Ich gehöre tatsächlich zu denen, die am längsten mit ihm zusammengewohnt haben. Ich habe ihn unterstützt, das war ein Fehler. Und es stimmt auch, dass ich irgendwann Zuflucht in der Religion gesucht habe, ich habe überall nach Hilfe gesucht …«

Das Mikrofon gibt einen langen Seufzer wieder.

»Ich habe damit gerechnet, dass er heute so reagiert, na ja, ein bisschen jedenfalls, nicht in dem Ausmaß …«

»Er hat mich sogar ins Gesicht geboxt! Er hat mich ins Gesicht geboxt!«, schreit Maurice Agnelet plötzlich.

»Ich kann bestätigen, dass ich ihn ins Gesicht geboxt habe.«

Er scheint sie vor uns noch einmal zu durchleben, komplett, die verzweifelte Situation, in der er seinen Vater angefleht hat, das Haus in Chambéry für ein paar Tage zu verlassen, weil er sich nach dem Freispruch von Nizza und der Aussicht, dass anlässlich der Berufungsverhandlung alles wieder von vorn losgeht, erst einmal sammeln müsste. Er macht Maurice Agnelets Stimme nach, als dieser ihm seine Bitte abschlägt, weil er in Chambéry Internetzugang hat.

»Sein Internetzugang! Mein Leben gegen einen Internetzugang!«, schreit Guillaume. Er umklammert mit beiden Händen den Zeugenstand, kämpft gegen die Schluchzer, die ihn überwältigen, schöpft wieder Atem, hebt den Kopf und sagt, zu den Richtern gewandt:

»Tja, daraufhin habe ich ihn ins Gesicht geboxt.«

Hervé Temime erhält das Wort.

»Verraten Sie heute ein Familiengeheimnis?«

»Ja. Ich hatte geglaubt, sie würden mit der Zeit aufwachen. Wir könnten uns eines Tages treffen und über unsere Schlacht reden. Aber nicht, um sie zu leugnen. Die Wahrheit könnte uns zusammenschweißen, das konnte sie nicht. Heute weiß ich, dass Geheimnisse einen eher umbringen als die Wahrheit.«

Er sagt es in einem Atemzug, *»Geheimnisse bringen einen eher um als die Wahrheit«*, und die Zeit bleibt stehen. Dies hier ist kein Prozess mehr, kein Gerichtssaal, es ist ein Trümmerfeld. Wohin auch immer man in Maurice Agnelets Umgebung blickt, überall herrscht Chaos.

François Saint-Pierre hat seine Bank verlassen. Er stellt sich wenige Schritte von Guillaume Agnelet entfernt hin. Sie mustern sich schweigend, beide gleichermaßen bewegt. Für den Bruchteil einer Sekunde sind sie in diesem Geschworenengericht allein, Auge in Auge, wie versteinert angesichts des Ernstes der Konfrontation. Guillaume vor dem Anwalt, der dafür kämpft, dass sein Vater freigesprochen wird, François Saint-Pierre, der sich darauf vorbereitet, den schlimmsten Ankläger seines Mandanten zu befragen.

»Guillaume ...« (Pause) *»Guillaume Agnelet. Ich glaube, wir müssen uns hier und jetzt einmal unterhalten. Wir haben zu-*

sammen eine lange juristische Schlacht geschlagen. Wissen Sie noch, was Sie mir gegeben haben, bevor ich Ihren Vater in Nizza vor Gericht vertreten habe?«

Guillaume lächelt. Es ist das erste Mal, dass sich sein Gesicht erhellt.

»Ja, eine Haribo-Erdbeere. Ich habe Ihnen eine Primavera-Erdbeere geschenkt, als Talisman, als Amulett, als Glücksbringer. Um Ihnen Mut zu machen, damit Sie die richtige Waagschale dazu bringen, sich zu senken, die Waagschale, die ich mir damals gewünscht habe.«

François Saint-Pierres Rücken scheint sich zu lockern und geschmeidig zu werden wie der einer Katze, die gestreichelt wird. Guillaume hat ihn soeben gerettet. In dieser gemeinsamen Erinnerung, der Anerkennung ihrer vergangenen Komplizenschaft ist Raum für einen Drahtseilakt der Verteidigung zwischen dem Respekt für die Wahrheit eines gebeutelten Sohnes und dem Recht des angeklagten Vaters auf den Zweifel, auf den sein Anwalt pochen sollte. Die Handvoll Fragen, die Saint-Pierre Guillaume Agnelet stellt, haben nur ein Ziel, den zarten Faden zu erhalten, auf dem er, der Verteidiger, entlangtanzt. Guillaume gewährt ihm diesen Faden, lässt ihm seine Strategie, macht nur seine Aussage. Zwei maschinengeschriebene Seiten, mehr nicht. Er verschweigt das Treffen in Lyon, die Sätze, die er ins Telefon gebrüllt hat – *»Er hat die Kleine abgemurkst! Er hat sie abgemurkst!«* Er antwortet lediglich auf die Fragen, die François Saint-Pierre ihm stellt. Ja, gestern war er noch an der Seite seines Vaters. Ja, heute belastet er ihn schwer. Er versucht nicht, sich zu rechtfertigen, auch nicht zu überzeugen, er sagt lediglich aus. Es gibt nur seine Worte, und es ist jetzt an jedem Einzelnen – Anklage, Verteidigung, Richter und Geschworene –, sie zu entwirren.

Der Anwalt setzt sich wieder auf seine Bank. Der Vorsitzende Dary drückt einen roten Knopf, der sein Mikrofon einschaltet. Seine Stimme knallt wie eine Peitsche durch das Geschworenengericht:

»Führen Sie Thomas Agnelet herein.«

Mit einem Sprung ist Hervé Temime bei seinem Kollegen von der Verteidigung, wechselt ein paar Worte mit ihm. Das habe ich noch nie erlebt. Die beiden Anwälte unterhalten sich vor unseren Augen, vielmehr spricht Temime mit Saint-Pierre, und Saint-Pierre nickt. Sie wirken beide gleichermaßen aufgewühlt. Der Anwalt der Familie Le Roux wendet sich anschließend an den Vorsitzenden und sagt mit tonloser Stimme, was jeder in diesem Moment denkt. Das hier wird zu viel. Es gibt Grenzen, die es nicht zu überschreiten gilt, zwischen der notwendigen Suche nach der Wahrheit, der legalen Brutalität, die von einem Prozess ausgeht, und der fast schon obszönen Vorführung einer Familie in Auflösung, mit der nun angekündigten Gegenüberstellung der beiden Brüder vor den Augen ihrer Mutter und den Blicken ihres Vaters.

»Ich möchte Sie bitten, auf die Gegenüberstellung von Thomas und Guillaume Agnelet zu verzichten. Ich glaube nicht, dass sie noch nötig ist. Jeder von uns wird ihre Aussagen gewissenhaft abwägen und zu seiner Überzeugung gelangen.«

Auch François Saint-Pierre ergreift das Wort. Er begrüßt das *»Taktgefühl«* seines Kollegen Temime und erklärt:

»Ich habe keine Fragen an Thomas Agnelet. Ich überlasse

es Ihnen, die Notwendigkeit dieser Gegenüberstellung zwischen zwei Brüdern vor den Augen der Öffentlichkeit zu beurteilen.«

Philippe Dary unterbricht die Verhandlung. Auch er braucht Zeit, um zu verschnaufen und nachzudenken. Fünfzehn Minuten später hat er eine Entscheidung gefällt. Er hält an seiner Forderung nach einer Gegenüberstellung fest. Er hat in seiner Position die Pflicht, sich nicht von Emotionen leiten zu lassen, die das Gericht überwältigen, und sich an die strenge Regel zu halten, wonach in einem Gerichtssaal alles gesagt werden können muss und allem widersprochen werden darf.

Als die beiden Brüder von zwei verschiedenen Räumen aus von getrennten Wachleuten hereingeführt werden, Thomas vorweg, Guillaume dahinter, kann man nicht sagen, was überwiegt: das Entsetzen über die Brutalität, die ihnen angetan wird, oder die zweifelhafte Faszination, die sie auslöst.

Der Vorsitzende wendet sich an den Jüngeren. Noch einmal spricht er Genf an, den Flughafen, die Szene, die jeder mittlerweile auswendig kennt. Thomas Agnelet wählt eine seltsame Formulierung:

»Ich kann mich nicht daran erinnern. Für mich hat es dieses Gespräch nie gegeben.«

Guillaume Agnelet nähert sich nun ebenfalls dem Zeugenstand. Sein Gesicht ist tränenüberströmt.

»Er kann sich nicht erinnern. Hat er es gut. Wie gern wäre ich in seiner Haut.«

Er wiederholt:

»Ich bin nicht gekommen, um gegen jemanden eine Schlacht zu schlagen. Ich habe von mir aus nicht nach diesen Informationen gefragt. Ich weiß, wie wichtig es für die Familie Le Roux

ist, dass ich sie heute hier wiedergebe. Ich hoffe, sie werden ihr beim Trauern helfen.«

Auf der Leinwand ist immer noch Anne Litas' unbewegliches Gesicht zu sehen. Der Vorsitzende fragt, ob sie dem etwas hinzuzufügen habe. Quasi gleichzeitig richten ihre zwei Söhne sich auf, die Nerven bis zum Zerreißen gespannt, den Mund leicht geöffnet, der ältere vorne, der jüngere dahinter. Sie flüstert in ihr Mikrofon:

»Nein, nein.«

Das war's. Die Leinwand erlischt, die beiden Brüder verlassen den Saal. Nach wie vor von Wachleuten getrennt, gehen sie an den Zuschauerbänken vorbei. Guillaume hat noch die Zeit, weit hinten ein junges Mädchen mit geröteten Augen zu entdecken, das sich bemüht, ihm zuzulächeln.

Er hatte Rennes schon weit hinter sich gelassen, als in seiner Inbox eine Nachricht von Anne Litas auftaucht.

»Adieu« lautet die Betreffzeile. Direkt darunter: *»Künftig wirst du mit dem Tod deiner Mutter auf dem Gewissen schlafen müssen.«*

Guillaume wählt Annes Nummer. Sie geht nicht ans Telefon. Er wird panisch. Ruft Saint-Pierre an, stößt auf den Anrufbeantworter. Daraufhin beschließt er, den Staatsanwalt anzurufen, der ihn in Rennes empfangen hat, leitet ihm die E-Mail seiner Mutter weiter. Im Gerichtssaal, wo die Verhandlung in der Ruhe nach dem Sturm weitergeht, sieht man plötzlich, wie die Gerichtsdienerin aufsteht und raschen Schrittes auf die Richterbank zugeht, dem Vorsitzenden einen Zettel überreicht.

Mit tonloser Stimme unterbricht Philippe Dary die Verhandlung, um die Nachricht vorzulesen, die er soeben erhalten hat. Ein bestürzter Aufschrei kommt von den Zuschauerbänken, der strenge Blick des Vorsitzenden bringt das Publikum sofort zum Verstummen. Er fügt hinzu, dass eine Suchaktion eingeleitet wurde, um Anne Litas zu finden.

»Maurice Agnelet …«

Philippe Dary wartet nicht ab, bis er aufgestanden ist.

»Maurice Agnelet, haben Sie Agnès Le Roux getötet?«

»Nein! Nein, ich habe sie nicht getötet …«

Maurice Agnelet bricht in Tränen aus. Wenige Stunden später verkündet der Vorsitzende, dass Anne Litas bei Freunden in Périgueux untergekommen sei. Sie *»erholt sich«*, ihr Leben ist nicht in Gefahr.

An diesem Abend bin ich ins Hotel zurückgekehrt und habe auf der Grundlage der Aufzeichnungen in meinem Notizbuch einen Bericht über die Gerichtsverhandlung verfasst. Ich habe dabei gezittert.

Er dreht im Gerichtssaal Runden, hat die Hände auf dem Rücken, den Kopf gesenkt, bewegt die Lippen, wiederholt leise die Worte, die er den Richtern und Geschworenen in wenigen Minuten präsentieren wird. Der Generalstaatsanwalt Philippe Petitprez hat für seinen Mandanten Maurice Agnelet gerade zwanzig Jahre Freiheitsstrafe wegen Mordes an Agnès Le Roux beantragt. *»Die Verteidigung hat das Wort«*, sagt der Vorsitzende Dary.

François Saint-Pierre starrt sie der Reihe nach an, die Menschen, die seit vier Wochen den beklemmenden Stunden dieses Prozesses beiwohnen. Weder die glänzenden Goldverzierungen des alten Parlamentsgebäudes von Rennes noch das warme Licht, das den Saal des Geschworenengerichts an diesem frühen Donnerstagnachmittag, dem 10. April, erfüllt, haben es vermocht, die Düsternis und Brutalität der letzten Momente zu vertreiben. Und genau hier, in der Hitze dieser Emotionen, versucht der Anwalt sie zu erreichen. Diesen Männern und Frauen, Berufsrichtern und Geschworenen, erzählt Saint-Pierre zunächst, dass auch er nicht ohne Blessuren aus diesem Prozess herausgeht.

»Ich kenne Maurice Agnelet seit 1988. Ich habe ihn in allen Prozessen verteidigt. Aber hier habe ich etwas Neues gelernt. Ich habe neue Gefühle durchlebt. Ich habe an dem Mann gezweifelt, den ich verteidige. Am Montagmorgen, als der Vorsitzende Guillaume Agnelets Aussage vorgelesen hat, habe ich geschwankt. Darauf war ich nicht vorbereitet. Ich habe die ersten beiden Prozesse an der Seite von Guillaume und Thomas erlebt. Wir waren vereint in unserer Erleichterung über den Frei-

spruch in Nizza, dann in der riesigen Enttäuschung über die Verurteilung in Aix-en-Provence. Ich habe ein Herz, ein Gewissen. Als ich gehört habe, dass Guillaume von seinem Vater wie von seiner Mutter vertrauliche Informationen erhalten haben will, hatte ich folglich meine Zweifel, keine Frage. Ich kenne ihn schon lange. Sie werden meine Bestürzung in diesem Moment verstehen«, sagt er zu ihnen.

Saint-Pierre nähert sich nun so gut es geht der Glut, er stellt sich den Tatort vor, wie Guillaumes Mutter ihn geschildert haben soll. *»Ich kann mir nicht vorstellen, dass diese Frau ihrem Sohn für sein ganzes Leben eine solche Last aufgebürdet hat«*, sagt er. Dann nimmt er sie auseinander, die Szene, Stück für Stück, um sie besser zu bekämpfen. Maurice Agnelet, der Agnès Le Roux eine Kugel in den Kopf jagt – *»eine Kugel, entschuldigen Sie bitte, da fließt Blut«* –, die entblößte Leiche im Unterholz ablegt, bis zu einem Bahnhof an der italienischen Grenze fährt, *»wo es damals mehr Grenzbeamte als Schmuggler gab«*, um das Auto mit dem Schlüssel im Zündschloss auf einem Parkplatz abzustellen. *»Dadurch nimmt er allerhand Risiken auf sich!«*, merkt er an. Auch kann er sich nicht vorstellen, dass der Mann, den er verteidigt, kaltblütig einen Mord begeht, *»er ist nämlich feige, Maurice Agnelet, entzieht sich eher, ist hinterlistig.«*

Aber da ist Guillaume mit seinem Schmerz und seiner Entschlossenheit, die schwer auf dem Gewissen der Geschworenen lasten. Und auf der anderen Seite ist Thomas, der labile, schweigsame Thomas, der in der ersten Reihe der Zuschauerbänke sitzt.

»Guillaume trägt eine unbändige Wut in sich, was man gut verstehen kann. Dieser Mann, Maurice Agnelet, hat seinen

Söhnen ein Martyrium aufgezwungen, als er sie in diese Geschichte mit hineingezogen hat. Sie haben jeweils ihren eigenen Weg gewählt. Thomas verteidigt seinen Vater voller Stolz. Guillaume hingegen hat beschlossen, mit ihm zu brechen. Was Guillaume sagt, ist sicherlich nicht gelogen, aber es reicht nicht als Beweis für ein Verbrechen.«

Die Verteidigung hat ihr größtes Hindernis noch vor sich. François Saint-Pierre nähert sich der Anklagebank und zeigt mit der Hand auf Maurice Agnelet.

»In diesem Fall haben wir keinen Tatort, wir haben keinen Beweis für ein Verbrechen, aber wir haben Maurice Agnelet!«

In den harten Worten, mit denen er sich an ihn wendet, ist die Wut zu spüren, der Ärger des Anwalts, der erlebt hat, wie ihm sein Mandant entgleitet, um *»wie ein Springteufel wiederaufzutauchen, geschmacklose Witze zu reißen und permanent zu provozieren.«*

François Saint-Pierres Stimme schwillt an. An die Anklagebank gelehnt, nimmt er sich Maurice Agnelet zur Brust:

»Warum können Sie nicht auf andere Menschen zugehen? Warum haben Sie sich nicht bei Jean-Charles Le Roux entschuldigt, den Sie angelogen haben? Und als Guillaume kam, warum waren Sie nicht in der Lage, ihm zu sagen, dass Sie ihn lieben? Dieser Mann ist ein Opfer seiner Dämonen. Er ist selbst sein ärgster Feind. Er zieht Misstrauen auf sich, wie ein Magnet Eisen anzieht. Aber sind sein Gelächter, sein Hass Beweise für ein Verbrechen?«

Als er sich wieder an die Richter und Geschworenen wendet, findet François den Ton, der ihm liegt. *»Appellieren wir an unsere Vernunft!«* Er erwähnt die Verurteilung zu zwanzig Jahren Haft, die das Appellationsgericht in Bouches-du-

Rhône ausgesprochen und die er *»nie akzeptiert hat«*, und erläutert den langen Kampf bis zum Europäischen Gerichtshof für Menschenrechte, der Frankreich verurteilt hat.

»In allen Fällen von Justizirrtum waren die verurteilenden Richter felsenfest von der Schuld des Angeklagten überzeugt. Ihnen fehlte aber der Beweis. Das ist es, was einen Angeklagten von einem Schuldigen unterscheidet. In unserem Fall ist alles Spekulation. Aber auch die Summe mehrerer Spekulationen ist und bleibt Spekulation. Wenn es keine Beweise gibt, müssen Sie Maurice Agnelet freisprechen.«

Auf dem Platz vor dem Gerichtsgebäude in Rennes haben die Schausteller das Zelt fertig aufgebaut. Ein Zipfel des gelbblauen Zeltstoffs, der nicht richtig festgezurrt wurde, schlägt in der morgendlichen Brise hin und her. Heute Abend werden die Kinder bei den Possen eines dummen August mit roter Nase oder dem Gebrüll eines müden alten Löwen vor Freude oder vor Angst schreien. Die stolze Fassade des bretonischen Parlamentsgebäudes wird die Kulisse bilden für flanierende Familien und feiernde Studenten. In den Straßencafés drumherum wird man die Jacken bis oben hin zuknöpfen und sich an seinem letzten Glas festhalten.

Ein Kastenwagen kommt die Rue Hoche entlang, biegt links hinter dem Gerichtsgebäude in die Rue Salomon-de-Brosse und hält vor der schweren zweiflügeligen grauen Tür. Die schwarzbehandschuhte Hand eines Gendarmen packt Maurice Agnelet am Arm, entzieht so die Handschellen, die sie aneinanderketten, den Blicken der Neugierigen. Die beiden Männer verschwinden in einer dunklen Galerie, die von grellem Neonlicht erleuchtet wird. An diesem Freitagmorgen, dem 11. April, geht Maurice Agnelet zum letzten Mal durch die Gänge, die ihn ins Geschworenengericht führen. Am Tag zuvor hat der Vorsitzende Dary im Anschluss an François Saint-Pierres Plädoyer die Verhandlung unterbrochen. Es war ihm wichtig, den Geschworenen noch etwas Ruhe zu gönnen, bevor sie – fünf Frauen und vier Männer, die das Los aus ihrem Alltag gerissen hat – ihrer Aufgabe als Richter nachzukommen hätten.

Auf der anderen Seite des Gebäudes hat sich am Fuß der Treppe zum Haupteingang eine lange Warteschlange gebildet. Die Zuschauer gedulden sich und beobachten den Tanz der Fernsehkameras, die Catherine, Patricia und Jean-Charles Le Roux in Begleitung ihrer beiden Anwälte bei ihrem Eintreffen filmen, sowie François Saint-Pierre, allein. In ihren Gesichtern hat sich die Anspannung der letzten Tage niedergeschlagen, desgleichen in ihrem müden Gang. Alle nehmen ihre Plätze ein, dieselben wie in den letzten vier Wochen. Die Gerichtsdienerin hat ihre Haare aufwendig geföhnt. Die mit Haarlack fixierte Frisur bildet einen regelrechten Panzer und verstärkt die Autorität, mit der sie das Publikum auffordert, schweigend Platz zu nehmen. Maurice Agnelet hat auf seiner Anklagebank den leicht abwesenden, etwas gedankenverlorenen Blick eingenommen, den man noch vom ersten Prozesstag an ihm kennt.

Der Vorsitzende Dary wendet sich an ihn und spricht den rituellen Satz:

»Maurice Agnelet, haben Sie noch etwas zu Ihrer Verteidigung anzuführen?«

Dieser Moment, der das Ende eines Prozesses markiert, ist irgendwie seltsam, feierlich und unehrlich zugleich. Es sind schon so viele Worte gesagt worden vor diesen letzten, die man dem Angeklagten zugesteht! Antwortet er mit *»nein«*, nimmt man es ihm übel, so als würde ein Schauspieler das Publikum um die letzte Replik betrügen. Spricht er lange, wird man müde. Sagt er wenig oder drückt sich ungeschickt aus, hält man ihn für gleichgültig. Spricht er zu gewählt, unterstellt man ihm rhetorische Kniffe.

Im Gerichtssaal ertönt Maurice Agnelets Stimme. Alle Blicke richten sich auf ihn, bis auf einen. Sein Anwalt, der neben ihm auf der Anklagebank sitzt, stützt den Kopf in beide Hände.

»Ich möchte mich zuallererst bei der Familie Le Roux entschuldigen, bei Renée Le Roux, Catherine, Patricia und Jean-Charles, Agnès' geliebtem Bruder, für den Schmerz, den ich ihnen mit meinen Worten und meinem Verhalten zugefügt habe, seit Agnès'« – er stockt – *»unglaublichem und«* – stockt noch einmal, sucht nach dem richtigen Wort – *»dramatischen Verschwinden. Weil er nach wie vor anhält. Und ich möchte noch sagen, dass ich in den vier Wochen zu der Überzeugung gelangt bin, mich nicht gut um meine Kinder gekümmert zu haben. Das trifft mich sehr, und ich bedaure es zutiefst. Mir ist klar geworden, dass ich ihr Leben und das ihrer Mutter verpfuscht habe. Dass ich sie sehr verstört habe. Und das nur, weil ich von Agnès Le Roux' Verschwinden besessen, ja, wie unter Hypnose war. Mein ältester Sohn ist tot. Mein jüngster Sohn, Thomas, ist nach Neukaledonien ausgewandert. Guillaume ist völlig verwirrt und verwirrend. Ich hoffe für ihn, dass er nun Ruhe und seinen inneren Frieden gefunden hat. In der Sache selbst ist alles gesagt worden. Ich wollte beiden Familien gegenüber lediglich mein Bedauern zum Ausdruck bringen.«*

Alle warten auf den Satz, den Maurice Agnelet bisher in jedem Prozess gesagt hat. Den er noch vor vier Wochen bei der Eröffnung dieses Prozesses wiederholt hat. *»Ich habe Agnès Le Roux nicht umgebracht.«* Er kommt nicht. Er sagt, Guillaume sei *»verwirrend«* gewesen, er sagt nicht, ob dieser lügt oder die Wahrheit spricht. Er bittet um Entschuldigung. Aber er sagt nicht, wofür. Mit diesem letzten Rätsel ziehen sich die Richter und Geschworenen zur Beratung zurück.

Siebeneinhalb Stunden später verkündet der Vorsitzende Philippe Dary, dass die Richter und Geschworenen mit einer Mehrheit von *»mindestens acht Stimmen«* zu dem Schluss gekommen sind, dass Maurice Agnelet ein Mörder ist.

»Was der Vater schwieg, das
kommt im Sohne zum Reden.«
Nietzsche, *Also sprach Zarathustra*

Guillaume Agnelet schaltet den Computer aus, vor dem er seit Stunden sitzt. Sein zweijähriger Sohn tritt ungeduldig von einem Bein aufs andere. Er nimmt das Kind auf seine Schultern und geht mit ihm zum Spielplatz. *»Schneller«*, sagt der Kleine, als er die Rutschbahn entdeckt.

Guillaume hat es als Kind geliebt, auf Maurice' Schultern durch die Gegend getragen zu werden. Heute macht er das Gleiche mit seinem Sohn. Auf der Liste der schönen Erinnerungen, die er an seinen Vater hat, taucht diese als erste auf, er auf den Schultern von Maurice. Anschließend kommen die Partys am Johannistag jeden Sommer in Cantaron, dann das Fangenspielen auf der Dachterrasse ihrer Wohnung in Nizza am Cours Saleya, das Wohnmobil Marke Eigenbau, mit dem die Familie in den Schnee gefahren ist, die Glocke, die sie aus Spanien mitgebracht haben und die alle zum Essen zusammentrommelte, der Farbfernseher mit Ultraschall-Fernbedienung, die seinen Klassenkameraden imponiert hat, der Film *Elliot, der Drache*, den er zusammen mit Maurice in einem fast leeren Kinosaal gesehen hat, das große Buch über Vulkane und das andere über Schlangen, die er von ihm geschenkt bekommen hat, das wöchentliche Mittagessen in der Cafeteria im Einkaufszentrum von Villeneuve-Loubet, die Autofahrt nach New York, zu den Niagarafällen, der Chrysler mit Automatikgetriebe, mit dem sein Vater ihn am Flughafen in Kanada abgeholt hat, und auch das jährliche Picknick auf dem Plateau de la Malle bei Grasse in der beißenden Dezemberkälte, mit Maurice als Clan-Chef, der seinen Söhnen hilft, die Wipfel der Kiefern und Ebereschen zu erklimmen, um dort die Mistelzweige abzunehmen, und sie durften erst damit aufhören, wenn der Kofferraum überquoll. Das war nämlich Tradition, und darauf legte Maurice großen Wert, auf die Tradition, jedem seiner Freunde eine dieser Kugeln zu schenken, deren Früchte an den Händen der Kinder klebten, und von denen er ihnen jedes Jahr wieder feierlich erklärte, sie brächten Glück.

Urteil des Geschworenengerichts Ille-et-Vilaine, verkündet im *Palais de Justice* in Rennes am 11. April 2014:

»Das Geschworenengericht ist aufgrund folgender Beweisanzeichen zu der Überzeugung gelangt, dass Maurice Agnelet des Mordes an Agnès Le Roux zwischen dem 26. Oktober und dem 2. November 1977 in Nizza (Alpes-Maritimes), in Cassino, Provinz Frosinone (Italien) schuldig ist:

Agnès Le Roux hat mit Unterstützung des Angeklagten Maurice Agnelet, ihrem Liebhaber, in seiner Funktion als Anwalt von Jean-Dominique Fratoni im Mai und Juli 1977 einen Geldbetrag in Höhe von drei Millionen Franc erhalten als Gegenleistung für ihre Stimmabgabe bei der Hauptversammlung der Aktiengesellschaft des Palais de la Méditerranée am 30. Juni 1977. Der Großteil der Summe wurde auf gemeinsame Bankkonten, die in der Schweiz von ihr und dem Angeklagten eröffnet worden waren, transferiert, ein anderer Teil wurde von Letzterem in anonyme Anleihen (Tafelpapiere) umgewandelt.

Zwischen dem 11. August und dem 3. Februar 1978 hat Maurice Agnelet diese Gelder auf ein persönliches Konto in der Schweiz überführt, auf das Agnès Le Roux keinen Zugriff hatte; er hat widersprüchliche und unglaubwürdige Angaben dazu gemacht, wie es zu diesem Geldtransfer kam, indem er zunächst von einer Schenkung sprach, sodann von einer Sequestration – wofür er im Laufe der Ermittlungen einen gefälschten Vertrag vorgelegt hat –, dann erneut von einer Schenkung, wobei er versicherte, Agnès Le Roux habe ihn gebeten, die Gelder auf seinem eigenen Konto zu verwahren, damit sie in den Augen ihrer Mutter oder in denen von Fratoni nicht als die Besitzerin erkennbar ist, über das Geld sollten Agnès und er jedoch gemeinsam verfügen. Er wurde vom Appellationsgericht in Lyon 1986 wegen Beihilfe zum Stimmenkauf in Tateinheit mit Untreue und Vertrauensmissbrauch rechtskräftig verurteilt.

In den genannten Zeitraum, vom 26. Oktober bis zum 2. November 1977, fällt Agnès Le Roux' Verschwinden. Die während der Untersuchung und der Ermittlung sowie der Gerichtsverhandlung zusammengetragenen Beweisanzeichen lassen den Schluss zu, dass der letzte Tag, an dem sie Kontakt zu Dritten hatte, der 26. Oktober 1977 ist [...].

Wenige Wochen zuvor, am 4. und 7. Oktober 1977, hatte Agnès Le Roux zwei Selbstmordversuche unternommen. Maurice Agnelets Verhalten zu diesen Anlässen wirkt besonders verdächtig, da es eine Gleichgültigkeit erkennen lässt, die unvereinbar ist mit den Gefühlen, die er angeblich für Agnès Le Roux hegt.

Am 4. Oktober hat er mit zeitlicher Verzögerung auf den Anruf einer Verkäuferin des Geschäfts AH [das Agnès Le Roux gehört] reagiert, der er zunächst geantwortet hat, er fühle sich nicht zuständig, da es sich nur um eine Kundin handle. Schließlich hat er doch noch die Polizei verständigt, für Agnès Le Roux' Wohnsitz jedoch seltsamerweise eine falsche Adresse angegeben. Am 5. Oktober erwirkte er die Entlassung von Agnès Le Roux aus dem Krankenhaus auf eigene Verantwortung, ließ sie dann jedoch allein in ihrer Wohnung, was sowohl ihre Familie als auch die Polizei beunruhigte. Tatsächlich gab er Kommissar Albertin gegenüber an, er sei nur ein kleiner Rechtsanwalt und vermittelnd tätig. Ihre Zimmergenossin im Krankenhaus gab an, Agnès Le Roux habe darüber geklagt, dass man sie gedrängt habe und sie zwingen wollte, etwas einzunehmen. Des Weiteren habe die Zimmergenossin am Nachmittag einer lauten Diskussion zwischen Maurice Agnelet und Agnès Le Roux beigewohnt.

Hinsichtlich des zweiten Selbstmordversuchs in der Nacht vom 6. auf den 7. Oktober hat Maurice Agnelet selbst die Notfallnummer gewählt und das Gespräch aufgezeichnet, erneut hat er den Polizisten eine falsche Adresse genannt. Überdies hat er es unterlassen, sie darüber zu informieren, dass er im Besitz der Wohnungsschlüssel ist. Dem Arzt hat er in einem ebenfalls mitgeschnittenen Telefongespräch mitgeteilt, Agnès Le Roux habe Seresta [ein Beruhigungsmittel] eingenommen, obwohl in ihrer Wohnung weder eine entsprechende Tablettenpackung noch Spuren dieses Medikaments nachgewiesen werden konnten. Außerdem scheint Agnès Le Roux eine Schnittwunde am rechten Handgelenk vorgezeigt zu haben, die sie sich in der Folge nicht mehr erklären konnte, woraufhin sie Maurice Agnelet geschrieben hat, sie suche dafür nach einer Erklärung, es sei denn, die ganze Sache müsste aus welchem Grund auch immer im Dunkeln bleiben.

Im Anschluss an ihre Selbstmordversuche hat Agnès Le Roux im Oktober 1977 eine Reise vorbereitet und dafür ihren Range Rover zur Reparatur gegeben, eine neue Brille erworben, ihr Fahrzeug mit Wirkung vom 26. Oktober 1977 versichern lassen, die Reise gegenüber ihr nahestehenden Personen erwähnt und einen Friseur aufgesucht. Die Aufzeichnung eines Telefongesprächs zwischen Agnès Le Roux und Maurice Agnelet am 17. Oktober 1977, die bei Maurice Agnelet sichergestellt wurde, lässt den Schluss zu, dass die Reise gemeinsam mit dem Angeklagten geplant worden war.

Am 26. Oktober 1977 hat Maurice Agnelet allein aus ihrem Schließfach bei der BCI [Banca Commerciale Italiana] den Betrag von einer Million Franc in anonymen Anleihen entnommen, und nichts weist darauf hin, dass der Betrag der jungen Frau zurückgegeben wurde, der Großteil des Geldes tauchte vielmehr auf einem Bankkonto in der Schweiz auf, das Maurice Agnelet gehört.

Für den Zeitraum zwischen dem 26. Oktober und dem 2. November 1977 hat Maurice Agnelet angegeben, am Abend des 27. Oktober in Begleitung von Françoise Lausseure nach Genf gefahren zu sein, wo sie die Nacht im Hôtel de la Paix verbracht hätten; am Nachmittag des 28. Oktober seien sie aufgrund des schlechten Wetters und weil eines der Kinder von Françoise Lausseure erkrankt war, wieder aufgebrochen; die Genannte soll Maurice Agnelet in der Nacht vom 28. auf den 29. Oktober am Bahnhof Lyon-Perrache abgesetzt haben, wo er in den Nachtzug nach Paris gestiegen sein soll, um am Kongress der Liga für Menschenrechte teilzunehmen; die Nacht vom 29. auf den 30. Oktober soll er im Hôtel Marigny verbracht haben, um am Sonntagmorgen nach Nizza zu fliegen, wo Françoise Lausseure ihn am Flughafen abgeholt hat; sodann sei er mit dem Wagen zu seiner

Exfrau Anne Litas in Cantaron gefahren, um das Allerheiligenwochenende dort ausklingen zu lassen.

Françoise Lausseure hatte 1979 bestätigt, ihren Liebhaber, Maurice Agnelet, nach Genf begleitet zu haben, hat diese Behauptung 1999 jedoch widerrufen und angegeben, ihm auf seinen Wunsch hin ein falsches Alibi geliefert zu haben.

Françoise Lausseure hat angeführt, dass Maurice Agnelet sie bereits im November 1978 um ein Alibi gebeten habe, zu einer Zeit, als ein solches mitnichten erforderlich war, da man ihn zu seinen Terminen am Allerheiligenwochenende noch gar nicht befragt hatte. Sie hat ausgesagt, diese Bitte habe ihr im Nachhinein einen ›Schauer über den Rücken‹ gejagt […].

Maurice Agnelets Anwesenheit bei der Mitgliederversammlung der Liga für Menschenrechte wurde von niemandem bestätigt. Im Übrigen sind die Umstände, die zur Beschaffung einer Zweitausfertigung der Zahlungsbestätigung seitens des Hôtel Marigny geführt haben – vom Sohn des Hotelmanagers ausgestellt – und wie sie Eingang in die Akte gefunden haben, nicht geeignet, dem vorgelegten Schriftstück die geringste Bedeutung beizumessen. Auch die Anwesenheit von Maurice Agnelet in der Villa in Cantaron ab dem 30. Oktober 1977 wird von keinem der Anwesenden bestätigt.

Vielmehr hat sich Maurice Agnelet vom 2. November 1977 an monatelang so verhalten, als hätte er Gewissheit, dass Agnès Le Roux nicht mehr zurückkäme, sein Verhalten trägt nachgerade paradoxale Züge.

So hat er, obgleich er stets erklärt hat, in die junge Frau verliebt gewesen zu sein, keinerlei Anzeichen von Besorgnis erkennen lassen und hat zu keinem Zeitpunkt versucht, sie telefonisch zu erreichen, obwohl ihre Teilnahme an einer Vorstandssitzung des Palais de la Méditerranée am 4. November 1977 erwartet worden war.

Er hat Familienangehörigen und Freunden von Agnès Le Roux zudem widersprüchliche Versionen über ihr Verschwinden präsentiert, Reisen an verschiedene Orte der Welt genannt und ihren Bruder Jean-Charles Le Roux, wie das Resultat eines Telefonmitschnitts vom März 1978 zeigt, in dem Glauben gelassen, für ihre Abwesenheit gebe es eine plausible Erklärung.

Ebenso ist er mit den Ermittlern verfahren, die er angelogen hat, wodurch sich die Nachforschungen verzögert haben.

Zugleich hat er im Januar 1978 die Versicherung für die von Agnès Le Roux angemietete Wohnung aufgekündigt, die Mietzahlungen eingestellt und die Zwangsräumung zugelassen, die er mit dem Vermögen von Agnès Le Roux, über das er verfügen konnte, hätte verhindern können.

Anlässlich der Durchsuchung von Agnès Le Roux' Wohnung im März 1978 wurde ein undatiertes handgeschriebenes Dokument entdeckt, das gut sichtbar an den Zeichentisch geheftet worden war und auf dem in der Handschrift von Agnès Le Roux zu lesen stand: ›Tut mir leid, mein Weg ist zu Ende, ich mache Schluss, alles ist gut, ich will, dass sich Maurice um alles kümmert‹, womit die Selbstmordthese untermauert werden sollte. Allerdings wurde bei der Durchsuchung von Maurice Agnelets Kanzlei im September 1978 eine Fotokopie des Dokuments sichergestellt, ebenfalls ohne Datumsangabe, was auf den Angeklagten kurzfristig eine destabilisierende Wirkung hatte, wie die Ermittler und der Untersuchungsrichter bestätigen konnten. Des Weiteren hat Maurice Agnelet in einem aufgezeichneten Telefongespräch zwischen Nicole D. [einer Freundin von Agnès Le Roux] und ihm angegeben, die Nachricht am selben Morgen in Agnès Le Roux' Wohnung gefunden zu haben, er gab zudem an, dass sie auf den 6. Oktober 1977 datiert gewesen sei. Während der Verhandlung gab er schließlich zu, in der Nacht vom 6. auf den 7. Oktober 1977 in Agnès Le Roux' Wohnung eingedrungen zu sein, wo er die Nachricht gefunden habe. Vieles deutet demnach darauf hin, dass der Angeklagte von der Nachricht, die im März 1978 entdeckt wurde, die Datumsangabe bewusst entfernt hat, damit er sie verwenden konnte, um einen Selbstmord seiner Geliebten vorzutäuschen. Seiner Behauptung, wonach er sie Agnès Le Roux zurückgegeben habe, die wiederum selbst die Datumsangabe entfernt habe, fehlt es an der nötigen Glaubwürdigkeit.

Im Verlauf der genannten Durchsuchung seiner Kanzlei wurden zahlreiche Dokumente sichergestellt, die Agnès Le Roux gehört haben, darunter die Quittung der Autoversicherung ihres Range Rovers, die auf den 26. Oktober 1977 datiert war, und weitere sehr persönliche Dokumente, zu denen ihr Tagebuch und ein Krankenblatt gerechnet werden müssen, von denen ausgeschlossen werden kann, dass Agnès Le Roux sie vor einer Reise, die nach den Worten des Angeklagten ›normal, alltäglich und vollkommen unwichtig‹ gewesen sein soll, freiwillig mitgebracht hat.

Gefunden wurde außerdem die Stereoanlage, die Agnès Le Roux kurz zuvor erworben hatte und von der Maurice Agnelet zunächst behauptet hat, sie habe sie lediglich für die

Dauer der Reise bei ihm untergestellt, um später hinzuzufügen, Agnès Le Roux habe sie aus Angst vor Einbrechern bei ihm deponiert. Dieser Widerspruch lässt die Einlassungen des Angeklagten als unglaubwürdig erscheinen.

Außerdem wurden im Haus der Familie in Cantaron fünf Bücher der Kollektion Pléiade gefunden, die Maurice Agnelet gehören und folgende Eintragungen aufweisen:

- Im Werk Montaignes, ›17. Mai 1977-Genf-PM-PV-Freundschaft‹
- Im Werk André Gides, ›30. Juni 1977-Sicherheit-PM-PV‹
- Im Werk Rimbauds, ›7. Oktober 1977-Das trunkene Schiff-PM-PV-Akte geschlossen‹
- In den Werken Hemingways, ›Mittwoch, 2. November 1977-Endgültige Schließung der Akte PM-PV-Freiheit‹

Sie fassen erkennbar den Prozess der Aneignung des von Jean-Dominique Fratoni an Agnès Le Roux überwiesenen Geldbetrags im Gegenzug für ihre Stimmabgabe bei der Hauptversammlung am 30. Juni 1977 und das Verschwinden der jungen Frau zusammen. Insbesondere das Wort ›Freiheit‹ lässt in Verbindung mit dem Datum des 2. November 1977 in diesem Kontext an den Tod der jungen Frau denken. 1984 hat Maurice Agnelet vor dem Strafgericht in Aix-en-Provence [das ihn wegen Beihilfe zum Stimmenkauf, Untreue und Vertrauensmissbrauch verurteilt hat] übrigens angegeben, Agnès' Geld ›nach ihrem Tod‹ nicht angerührt zu haben, und sogleich behauptet, es handle sich um einen Versprecher.

In der Niederschrift seiner Aussage vom 6. April 2014 sowie zweimal während der Gerichtsverhandlung hat Guillaume Agnelet, Sohn des Angeklagten, angegeben:

- dass ihm im Alter von fünfzehn Jahren einerseits sein Vater gestanden habe, er wisse, wo sich Agnès Le Roux' Leichnam befinde;
- andererseits seine Mutter, Anne Litas, ihm Anfang der 1990er Jahre anvertraut habe, Maurice Agnelet sei der Mörder von Agnès Le Roux; sie habe die Umstände des Verbrechens beschrieben, wonach Agnès Le Roux und er zusammen in der Region Monte Cassino Urlaub gemacht hätten, sie hätten an einem abgelegenen Ort, wie er sie so liebt, wild gecampt, und er habe, während sie schlief, auf sie geschossen; anschließend habe er um Hilfe gerufen, um sich zu vergewissern, dass kein Mensch in der Nähe war; für den Fall, dass jemand aufgetaucht wäre, hätte er erklärt, es handle sich um einen Selbstmord; anschließend habe er die Leiche etwa hundert Meter weiter entblößt im Unterholz neben einer Straße abgelegt, sodann von einer Brücke aus die in Einzelteile zerlegte Waffe in einen Fluss geworfen; danach habe er den Range Rover auf einem Parkplatz an einem Bahnhof abgestellt, den Schlüssel im Zündschloss belassen und sei nach Nizza zurückgekehrt.

Schließlich hätten sie sich, als er mit seinem Bruder Thomas zum Flughafen Genève-Cointrin gefahren sei, um seinen Vater anlässlich seiner Rückkehr aus Panama abzuholen, in einem Flughafencafé unterhalten, wonach Maurice Agnelet darüber gesprochen habe, wie groß das Risiko sei, angesichts des Verwesungsvorgangs eine in der freien Natur abgelegte Leiche wiederzufinden. Als Thomas sich kurzzeitig entfernt habe, habe Guillaume Agnelet seinen Vater gefragt, ob ihm bewusst sei, dass er gerade im Begriff sei, den Mord an Agnès Le Roux zu gestehen, er frage sich, wie Thomas seine Worte verstanden hat. Darauf habe Maurice Agnelet geantwortet, Thomas sei intelligent und habe längst verstanden.

Diese ausführlichen Aussagen werden bestätigt von:

– der Zeugenaussage von Mireille M. [ehemalige Geschäftspartnerin von Maurice Agnelet], die angegeben hat, von Paul-Félix Richard erfahren zu haben, dass Anne Litas ihm anvertraut habe, Agnès Le Roux käme nie mehr zurück; Paul-Félix Richard hat dieses Geständnis bestätigt […]; der Zeugenaussage von Françoise Lausseure, die angegeben hat, von Anne Litas zu Beginn der 1990er Jahre erfahren zu haben, dass Maurice Agnelet Agnès Le Roux ermordet habe; der Zeugenaussage von Patrick Poivre, der ausgesagt hat, eines Tages, als Maurice Agnelet ihn körperlich bedroht habe – er habe ihn an den Kleidern gepackt und an die Wand gedrückt –, habe er zu ihm gesagt, dass sich eine ›zweite Agnès Le Roux in seinem Leben nicht gut machen‹ würde. Maurice Agnelet habe ihn daraufhin sofort losgelassen; der Zeugenaussage von M. P., dem Versicherer, der behauptet hat, Agnès habe ihm gegenüber am 26. Oktober 1977 angegeben, sie wolle nach Italien fahren; der Zeugenaussage von Marc T., der versichert hat, als er Agnès Le Roux Ende Oktober 1977 vorgeschlagen habe, ein paar Tage bei ihm zu verbringen, habe sie ihm geantwortet, dass sie nach Sizilien fahre.

Die Region Monte Cassino befindet sich in der Tat auf dem Weg zwischen Nizza und Sizilien.

Aus einem Brief von Jean-Charles Le Roux geht darüber hinaus hervor, dass er sich um das Jahr 1990 herum mit

Régis F., dem Sohn von Françoise Lausseure, getroffen hat und Régis ihm gesagt habe, er solle seine Suche auf die Stadt Cassino lenken.

Maurice Agnelet hat Agnès Le Roux demnach zwischen dem 26. Oktober und dem 2. November 1977 vorsätzlich getötet; die Tötungsabsicht des Angeklagten hat vor der Tat festgestanden, ab dem Zeitpunkt, zu dem er anfing, sich Agnès Le Roux' Geld anzueignen, was jene ansonsten jederzeit hätte unterbinden können.

Die Richter und Geschworenen erklären im Anschluss an die Fragen, die der Vorsitzende Richter vorgelegt hat, unter Beachtung der erforderlichen Mehrheit von mindestens acht Stimmen Maurice Agnelet für schuldig:

- Agnès Le Roux in Nizza (Alpes-Maritimes) oder in Cassino, Provinz Frosinone (Italien) zwischen dem 26. Oktober und dem 2. November 1977 vorsätzlich und mit der Absicht, einen Mord zu begehen, getötet zu haben.

Die vorliegenden Beweismittel, die das Gericht zusammengetragen hat, erfüllen den Straftatbestand des Mordes gemäß Artikel 121 III, 221 I, 221 III, 221 VIII, 221 IX, 132 XXIII und 132 LXXII des Strafgesetzbuchs.

Unter Anwendung der vorgenannten vom Vorsitzenden Richter vorgetragenen Artikel wird Maurice Agnelet zu einer Freiheitsstrafe von ZWANZIG JAHREN verurteilt.«

Für Sophie und Laurent, die Ersten.

Für die raue Herzlichkeit von Jean-Paul und Constance.

Für die Großzügigkeit von Pierre L. (und Pascaline), die ich gnadenlos ausgenutzt habe.

Für La Listire und alles, was sie schützt.